De Cock en de s

A.C. Baantjer

De Cock
en de stervende wandelaar

De Fontein

ISBN 978 90 261 0152 6
NUR 332

Ontwerp omslag: Studio Combo
Foto omslag: Peter Coene
Grafische verzorging: V3-Services, Baarn

1

Alex Delszsen voelde zich ziek.
Over zijn donkere, glanzende huid gleden koude rillingen en op zijn hoog voorhoofd kroop klam zweet door de poriën. Hij ademde benauwd, hijgend, en zijn hart joeg het koortsige bloed fel bonzend door zijn aderen. Voor zover hij zich kon herinneren, had hij zich slechts eenmaal in zijn leven zo ziek gevoeld, als kind, toen hij giftige bessen had gegeten.
Hij was toen een jochie van amper zeven jaar, dat angstig om zijn moeder schreeuwde. Hij likte met zijn tong langs zijn droge lippen. Hij had het graag weer gedaan, zoals toen... schreeuwen om zijn moeder. Hij wist dat het geen zin had. Zijn moeder... ze was ver weg. Hij drukte de muis van zijn handen krachtig tegen beide slapen... trachtte haar beeld terug te roepen in zijn herinnering. Haar lieve gezicht verscheen niet. Het bleef verborgen achter een wazige, mistige sluier, die zijn denken omringde. Hij probeerde het opnieuw, haast panisch, met een van pijn vertrokken gezicht. Het ging niet. Het bleef allemaal vaag, zonder contouren. Angst kroop langs zijn benen omhoog en aan zijn borst ontsnapte een snik. Zijn hoofd leek een grote, holle ruimte, waarin alleen zijn hart nog klopte. Het was alsof hij opeens niemand meer was... een lege, anonieme man, zonder herinnering.
Hij streek met de mouw van zijn modieus colbert langs zijn voorhoofd en wankelde. Zijn gevoel voor evenwicht scheen aangetast. Struikelend bleef hij overeind.
Hij zag ineens dat mensen bleven staan en naar hem keken; sommigen met walging, anderen met een geamuseerde trek om hun lippen. Ze dachten natuurlijk dat hij dronken was, straalbezopen. Hij begreep het best.
Hij keek om zich heen en besloot het uit te leggen... aan al die grijnzende tronies te vertellen dat hij niet te veel had gedronken, dat hij niet bezopen was, maar ziek... doodziek. Met één hand klemde hij zich vast aan een man die dicht bij hem stond.

Hij deed zijn mond open en gebaarde met zijn vrije hand wat vaag in de ruimte. Er kwam geen geluid. Zijn tong was verlamd en zijn kaken weigerden dienst. De man aan wie hij zich had vastgeklemd, duwde hem van zich af, ruw, en met een gezicht alsof hij een schurftige hond was. Het deed hem onnoemelijk veel pijn. Alles deed hem pijn. Strompelend liep hij door.

Na een paar passen bleef hij weer staan. Het leek alsof van binnen een wurgende hand zijn maag als een spons ineenkneep. Het bezorgde hem de hevigste krampen. En als die krampen even ophielden, waren er weer die rillingen, die ijzig koude rillingen die alle gloed uit zijn lichaam trokken.

De twee glazen cognac die hij snel achter elkaar zonder smaak naar binnen had gewerkt, waren hem niet best bekomen. Hij had verwacht dat ze zijn lichaam zouden verwarmen, dat hij van binnen zou gaan gloeien, zoals altijd wanneer hij cognac dronk. Maar zijn verwachtingen kwamen niet uit. Integendeel, de ijzige rillingen bleven en de krampen namen in hevigheid toe. Hij schude zijn hoofd en vroeg zich af hoe het kon... zo plotseling. 's Middags had hij zich nog goed gevoeld, vrolijk, vol verwachting van hetgeen de avond hem zou brengen... zonnig plezier aan de zijde van een nieuwe verovering. Hij probeerde opnieuw te denken hoe het kon, waar het vandaan kwam. Het lukte niet. Hij kon zijn gedachten niet meer dwingen. Ze lieten zich niet meer in banen leiden. Ze dwaalden weg, ver weg, ongecontroleerd, in een wazige, mistige wereld. Hij hield zijn ogen een paar seconden dicht, in de hoop dat het beter zou gaan. Over zijn netvlies tolde het beeld van een wilddraaiende kaleidoscoop, bont, felkleurig, met veel bloedig rood. Het was benauwend, beangstigend. Telkens trok de symmetrie van het beeld weg, loste op in een fel laaiend vuur... dat verkilde.

Automatisch liep hij voort.

Hij was op weg naar een afspraak die hij ten koste van alles wilde nakomen. Hij wilde er op tijd zijn. Het leek hem belangrijk juist nu niet te laat te komen. Hij keek even op. Het Damrak, zag hij, was nog lang, de Dam was ver weg.

Hij was moe, intens moe. Zijn benen schenen van lood. Hij sleepte zich met moeite voort. Elke stap die hij deed, kostte hem oneindig veel inspanning. Hij greep met beide handen naar zijn maag. Die vervloekte krampen... die steeds terugkomende krampen. Hij tilde zijn linkerarm omhoog en keek op zijn horloge. Het was bijna kwart voor acht. Hij had nog ruim een kwartier. Hij moest maar even rusten, vond hij. Het kon er wel af. Al was het het maar een paar minuten... om wat bij te komen.

Hij schoof langs een paar voorbijgangers naar de huizenkant, waggelend, bijna struikelend. Met zijn handen tegen de etalageruit steunend bleef hij staan. De etalage was hel verlicht. Het deed pijn aan zijn ogen. Direct voor hem, in het midden, hing een fraaie affiche... een lange, slanke Eiffeltoren met een top die naar de hemel reikte. Daaronder was een brede strook met vette zwarte letters. *Acht dagen Parijs*, las hij, *vierhonderdvijftig gulden.*

Hij drukte zijn brandende voorhoofd tegen het koele glas. Een reisbureau, realiseerde hij zich, ik sta voor een reisbureau. Vreemd? Toeval? Hij grijnsde. Het was een droeve grijns om een wat cynische zelfspot. Hij ging op reis, eeuwig op reis... een reis naar de eeuwigheid.

Hij voelde hoe langzaam het bewustzijn uit hem wegtrok en plaats maakte voor een zoet gevoel van intense moeheid. De dood was mild, vond hij, mild en genadig. Hij was op reis... en het reisbureau was vlakbij.

Met geloken ogen staarde hij in de etalage. Links in de hoek, als een blikvanger, stond een prachtige kartonnen plaat. Het was een brede, zonnige poort met daarboven veel hemels blauw. Die wijde poort en dat hemelse blauw verwarden hem een beetje. Zóver kon het nog niet zijn, bedacht hij. Hij leefde nog. In zijn vingertoppen voelde hij nog het pulseren van zijn hart.

Wat wazig las hij boven de plaat *kom naar mooi Dubrovnik.* Het woord prikte diep in zijn herinnering. Dubrovnik... Dubrovnik... het klonk zo Russisch... zo klankverwant... zo...

Plotseling knapte er iets. De strakke band die zijn denken had omklemd, schoot los. Het mechanisme van zijn gedachten kwam langzaam op gang, eerst stroef, maar allengs sneller. En ineens... in een korte gedachteflits raadde hij de waarheid.

Sterke handen grepen hem van achteren vast. Hij keek op. In de weerspiegeling van de etalageruit ontdekte hij naast het zijne, twee gezichten... starre, sombere gezichten van mannen in uniform. De metalen rand van hun petten glinsterde door de Eiffeltoren heen.
Hij was ineens helder. De mistige sluier die rond zijn denken hing, trok in slierten weg. Ineens wist hij aan wie hij zijn reis naar de eeuwigheid had te danken... wie verantwoordelijk was voor het gif dat langzaam door zijn aderen kroop, steeds verder, onstuitbaar. *Hij wist wie hem koelbloedig had vermoord.*
De ontdekking deed hem pijn. Het was niet zozeer de gedachte aan zijn eigen dood... die gedachte was nog zo onwezenlijk, niet echt... maar veel meer het bewustworden van het 'waarom' dat hem verdriette, dat hem smartelijk trof. Hij moest erom huilen. Gewoon huilen. Zijn grote bruine ogen vulden zich met tranen en alles om hem heen begon te glinsteren... duizenden twinkelende sterretjes in een etalageruit.
Ze moesten het weten, bedacht hij plotseling. Iedereen. Hij moest het vertellen, hier, aan de politie en aan al die mensen van wie hij de gezichten in de spiegelruit zag. Ze moesten weten door wie hij was vermoord en waarom.
'Raskol...' prevelde hij zacht, 'Raskol...' Verder kwam hij niet. Zijn mond weigerde het klankbeeld volledig te vormen. Zijn kaken, zijn tong... ze weigerden.
Wanhopig, met inspanning van al zijn krachten probeerde hij het opnieuw.
'Raskol... Ras...' Toen zakte hij weg. Volledig. Zijn verkrampte vingers gleden langs het glas, dat geen houvast bood, en alles werd zwart... zwart als een nooit eindigende nacht.

De beide agenten die in hun politiewagentje rustig surveillerend langs het Damrak reden, keken elkaar eens aan. Schuin voor hen uit, te midden van een flanerend publiek, waggelde op het brede trottoir een lange, slanke jongeman. Hij droeg opvallend mooie schoenen, zagen ze, en een fraai parelgrijs kostuum van moderne snit. Strompelend, soms wild zwaaiend om zijn evenwicht te bewaren, sleepte hij zich voort.

Hoofdagent Kraaijenbrink grijnsde breed. 'Dronken,' constateerde hij wrang. 'Die kerels kunnen waarachtig nooit maat houden. Verdomme nog aan toe, ik lust zelf ook wel een borreltje...' hij grinnikte voor zich uit, 'en wel twee ook. Maar ik doe het thuis. Dicht bij mijn bed.' Hij schudde zijn hoofd. 'Moet je die vent nou eens zien slingeren. Hij heeft het hele trottoir nodig.'

Zijn collega naast hem aan het stuur knikte bevestigend. Beroepshalve was hij het volkomen met hem eens. 'Laat hem nog maar even gaan,' zei hij verveeld. 'Misschien redt hij het nog wel. Wat hebben we aan al die dronken sloebers in de cel. Ze stinken als de hel en als het even tegen zit, kotsen ze de boel nog onder ook. We hebben al meer van die gevallen aan de hand gehad.'

Kraaijenbrink knikte. 'Hij is er anders vroeg bij,' meende hij. 'Zeker de hele middag al aan de gang geweest.' Hij keek op zijn horloge. 'Het is pas kwart voor acht.'

Agent de Vries loodste het politiewagentje behendig uit de verkeersstroom naar de rand van het trottoir en stopte. Vanuit de auto keken ze kritisch naar de bewegingen van de jongeman. Het liefst waren ze achteloos aan hem voorbijgegaan. Aan een dronken man is voor een politieagent weinig eer te behalen. Maar de verantwoordelijkheid die zij voelden voor alles wat er op straat gebeurde, bepaalde hun aandacht.

Kraaijenbrink beet op zijn onderlip en schudde het hoofd. 'Het gaat niet,' zei hij. 'Hij is te ver heen.' Het klonk als een analyse van een deskundige. 'Je zult het zien. Hij redt het nooit. Straks ploft hij languit op de straat. Hij is zo dronken als een kanon.'

Agent de Vries had er niet veel zin in. 'Wacht nog even,' bromde hij wat kriegelig. 'Misschien schiet hij direct ergens een cafétje binnen. Dan is hij van de straat... hebben we geen last meer van hem. En als ze dan een taxi voor hem bellen...' Hij maakte zijn zin niet af. 'Klaar ben je met zo'n vrachie.'

Kraaijenbrink reageerde niet. Het gedachteloopje van zijn collega ging aan hem voorbij. Hij deed het portier open en zette resoluut een been buiten het wagentje. 'We moesten hem toch maar pakken,' zei hij bezorgd. 'Al was het alleen maar om on-

gelukken te voorkomen. Hij staat veel te dicht bij die etalage. Straks valt hij door het raam. Glasscherven,' profeteerde hij, 'slagaderlijke bloedingen.'
Hoofdagent Kraaijenbrink had nu eenmaal een sombere ziel. De dikke De Vries zuchtte. Moeizaam hees hij zich achter het stuur vandaan.
'Vooruit dan maar,' zei hij misnoegd. 'zal je straks de brigges horen kankeren.'

De brigadier van de wacht kankerde niet. Hij keek rustig van zijn dienstboek op, toen Kraaijenbrink en De Vries met hun arrestant zijn domein binnenstapten. Met een enkele blik monsterde hij de jongeman. Hij stond op, greep het arrestantenboek uit het rek en zwaaide het met een klap op de balie.
'Dronken?'
De politiemannen knikten als een tweeling. 'Als een Maleier.'
'Waar hebben jullie hem opgepikt?'
Kraaijenbrink tilde zijn pet op en veegde met de rug van zijn hand het zweet van zijn voorhoofd. 'Op het Damrak,' rapporteerde hij, 'voor de etalage van een reisbureau. Voor eigen en een anders veiligheid*, begrijpt u. We waren bang dat hij door de ruit zou vallen. Hij hing er al half tegenaan.'
De brigges knikte. Hij zette een vette streep onder zijn vorige aantekeningen, keek op de klok aan de wand en noteerde het tijdstip waarop de arrestant werd binnengebracht. Kraaijenbrink en De Vries hielden de jongeman tegen de balie geklemd. Ze waren bang dat hij zou vallen. De brigadier pakte een kistje voor de fouillering uit de kast en zette het op de balie.
Stelselmatig begon Kraaijenbrink de zakken van de arrestant leeg te halen. Het gebeurde grondig en met grote routine. Een portefeuille, wat kleingeld, een zakdoek, twee ongebruikte kaartjes voor de stadsschouwburg... het verdween in het fouilleringskistje.
De brigadier kwam wat dichterbij. Hij tilde de haren van de jongeman iets op, keek in het donkere gezicht en snoof. 'Hij stinkt

* Zinsnede uit de ambtsinstructie.

inderdaad naar de drank,' zei hij. 'Wat een lucht. Die vent moet nogal wat gedronken hebben om zo laveloos te zijn.'
'Zeg,' riep hij iets luider, 'zeg, wie bent u? Hoe is uw naam?'
De jongeman kreunde. Het ging gepaard met een oprisping, die niet aangenaam rook. De brigadier draaide zijn hoofd weg en trok een vies gezicht. 'Breng hem naar de cel,' gebood hij. 'De lucht van die vent is niet te harden.'
Kraaijenbrink en De Vries grepen de jongeman onder zijn oksels en sleepten hem via de gang naar het trapje. Het kostte moeite hem overeind te houden. Maar ze hadden ervaring met dronken mannen. Aan het bureau Warmoesstraat waren ze dagelijkse gasten. Ze droegen hem behoedzaam het trapje af en legde hem languit op een houten brits in een van de kale dronkemanscellen. Ze deden het rustig, maar zonder veel egards. Het lichaam plofte op de planken.
Kraaijenbrink boog zich over de arrestant. Het gezicht van de jongeman beviel hem niet. Het was hem te grauw. Hij peuterde het bovenste knoopje van het overhemd los. Het ging moeilijk. Plotseling zag hij dat in beide ooghoeken een paar tranen kleefden.
'Hij... eh, hij heeft gehuild,' zei hij lichtelijk verbaasd.
De Vries grijnsde. 'Dronkemanstranen.'
Kraaijenbrink lachte niet. Hij kwam langzaam overeind. Vanuit de hoogte keek hij peinzend naar de roerloze gestalte op de kale brits. 'Hij heeft gehuild,' herhaalde hij verward.
'Nou en...?'
'Niks... ik bedoel maar. Hij ligt er wat raar bij. Vind je niet? Hij lijkt wel bewusteloos.'
De Vries haalde zijn schouders op. 'Laveloos, bedoel je.'
Kraaijenbrink knikte traag en deed aarzelend de celdeur dicht.

In zijn domein achter de balie schoof de brigadier van de wacht achter zijn schrijfmachine en typte met onwennige vingers: *20.00 uur, cel zeven, man voor 453* ter ontnuchtering ingesloten. Te dronken om zijn naam te kunnen opgeven.*

* Politie-uitdrukking.

Alex Delszsen kwam nog eenmaal bij. Even maar. Aarzelend tastte zijn hand in het duister van de cel. Hij trok zijn oogleden op. Het maakte geen enkel verschil of hij zijn ogen dicht hield of open. Het was allemaal zwart met rode stippen. Hij wilde roepen, maar het geluid bleef in zijn keel steken. Het kwam er niet uit. Hij wist ook niet precies wat hij roepen zou... en om wie... om zijn moeder?
Ineens was ze er... heel duidelijk en heel mooi, in een fel bontkleurig kleed. Ze stond naast hem... het liefste gezicht dat hij ooit had gekend, stralend in een hemels licht. Ze strekte haar hand naar hem uit en wenkte. Langzaam kwam hij van zijn brits overeind, volgde de wenkende hand. Pal voor hem was de poort, de wijde poort in het strakke blauw. En daarachter... groene weiden, lokkende groene weiden. Met een glimlach om zijn lippen liep hij haar na.

2

Bij zijn eerste rondgang had agent van Beveren in cel zeven nog een zwaar snurkend geluid gehoord. Bij zijn tweede ronde om kwart over een was dat geluid er niet meer. Het viel hem op. Hij deed het licht aan en keek door het kleine vierkante luikje naar binnen. Maar bij de armetierige celverlichting kon hij haast niets zien. Daarom deed hij de celdeur open, zodat ook het licht van de gang naar binnen viel. De arrestant van cel zeven lag op zijn rug, languit op de schuinaflopende houten brits. Het lange, ravenzwarte haar hing langs het gezicht. Rond zijn lippen lag een vreemde, bijna gelukzalige glimlach. Van Beveren bleef er even naar staan kijken. Het stelde hem niet gerust. Wat argwanend boog hij zich over de man. Ineens bemerkte hij dat de ademhaling ontbrak en ontwaarde hij het grauwe masker van de dood. Hij schrok, slikte zijn angst weg en keek nog eens. Hij had het goed gezien. De glimlach van de arrestant was koud, kil, verstard. Behoedzaam achteruitlopend, half op zijn tenen, verliet hij de dronkemanscel en sloot gewoontegetrouw de celdeur met sloten, stangen en grendels. Ook de dood mocht niet ontsnappen. Wat bleekjes meldde hij zijn bevindingen aan de brigadier.

Vergezeld van een paar oudere, meer door de wol geverfde dienders toog brigadier Bijkerk naar de onderaardse gewelven van het aloude politiebureau aan de Amsterdamse Warmoesstraat. Agent van Beveren liep voorop. Hun voetstappen klonken hol, weerkaatsten tegen de kale muren.

Ze spraken niet. Bij cel zeven stopte de processie. Van Beveren stak de sleutel in het slot en schoof de stangen en grendels weg. Licht piepend draaide de celdeur open. Ze bekeken de man om beurten. De arrestant was dood... daar waren ze het over eens. Dood... zonder twijfel. De haastig gealarmeerde dokter van de Geneeskundige Dienst kon daar niets meer aan veranderen.

Met zijn oude vilten hoedje nonchalant achter op het hoofd geschoven, zijn jas nog aan, waggelde De Cock langs de verlaten bureaus van de grote recherchekamer. Hij waggelde altijd. Zijn bovenlijf was eigenlijk te zwaar en zijn benen naar verhouding te kort. Na zijn veertigste was alles wat dieper op de heupen gezakt, waardoor hij een wat compacte indruk maakte, massaal, met koddige, wat vertraagde bewegingen.
De oude, grijze rechercheur was in een slecht humeur. Zijn gezicht, gewoonlijk vol vriendelijke plooien, droeg de markante trekken van een dreigende donderwolk, grimmig, vol opgehoopte spanning. Een dringend telefoontje van de commissaris had hem uit een zoete sluimer gewekt. Het was midden in een bekoorlijke droom, gesitueerd in een vredig, vriendelijk wereldje zonder misdaad. De Cock had het overstapje naar de werkelijkheid met het verkeerde been genomen. Hij wees met een dikke mollige vinger naar de grote klok aan de wand. 'Twee uur,' bromde hij. 'Twee uur, midden in de nacht. Een christelijk mens ligt om deze tijd in zijn bed.' Hij snoof. 'Wat wil de Ouwe in godsnaam van ons? Wat valt er midden in de nacht te onderzoeken?'
Vledder zuchtte: 'De man is dood.'
De Cock wreef met de rug van zijn hand langs zijn stompe neus. 'Goed, goed,' zei hij afwerend, 'er is beneden in de cel een man gestorven. Hij is de eerste niet. En hij zal ook de laatste niet zijn. Het is natuurlijk heel akelig en erg verdrietig... voor de man, ja... maar wat kan ik eraan doen? Wat verwacht de Ouwe van me? Dat ik voor die vent ga bidden? Verdomme nog aan toe... had die kerel maar niet moeten zuipen... was hij niet dronken geworden... hadden ze hem niet opgepikt... was hij ergens anders gestorven... misschien wel gewoon in bed, keurig, netjes, thuis, zoals het hoort... tussen schone witte lakens en tranen pinkende familieleden aan het voeteneinde.' De Cock zeurde nog een tijdje door over oorzaak en gevolg, dol, onzinnig, soms belachelijk. Hij had nu eenmaal gloeiend de pest in.
De jonge Vledder luisterde geduldig tot zijn leermeester was uitgeraasd. Toen stond hij op en liep naar het gaskomfoortje. 'Ik zal,' zei hij gelaten, 'om te beginnen maar een kop koffie voor je

zetten. Flink sterk. Misschien kikker je er wat van op. Ik hoop het. Zie je, ik zou graag wat redelijkheid van je verwachten.'
De Cock gebaarde wild voor zich uit. 'Redelijkheid,' schreeuwde hij geërgerd, 'redelijkheid. Men kan een man van mijn leeftijd niet van zijn mooiste dromen beroven en dan nog verwachten dat hij redelijk zal zijn.' Hij schudde heftig het hoofd. 'Nee, mijn brave, dat is te veel verlangd. De commissaris had dat moeten beseffen. Voor nachtelijke uitstapjes in de criminaliteit moet hij geen oudjes nemen, maar jonge energieke lieden, zoals jij.'
Vledder zuchtte opnieuw. 'Ik heb de piketdienst,' legde hij geduldig uit. 'De commissaris heeft eerst mij gebeld. Hij vertelde mij dat hij van brigadier Bijkerk de melding had ontvangen dat er in een van de cellen een man was gestorven. Hij vroeg of ik een kijkje wilde nemen.'
'En?'
'Nou, dat heb ik gedaan. Ik ben naar het bureau gegaan en heb de zaak bekeken. Het leek mij nogal ernstig. Daarom heb ik de commissaris teruggebeld en hem gevraagd of hij ook jou wilde waarschuwen.'
De Cock stond met een ruk stil. 'Wat?'
Vledder knikte met een beteuterd gezicht. 'Het spijt me echt,' zei hij benepen, 'maar je hebt dit aan mij te danken.'
De Cock leek sprakeloos. Hij keek zijn jonge collega aan, onthutst, zijn brede gezicht in een plooi van opperste verbazing.
'Jij... bedoel je dat jij...' Hij maakte zijn zin niet af.
Vledder likte aan zijn droge lippen. 'Het is... eh, het is,' zei hij bijna stotterend, 'volgens mij geen gewone dood. Ik bedoel... eh, die jongeman in de cel beneden... hij is... eh, dacht ik... niet gewoon dood gegaan. Het is geen natuurlijke dood. De man is vermoord.'
De Cock schoof zijn onderlip vooruit en duwde zijn hoedje nog verder achter op het hoofd. Zijn vriendelijke grijze ogen glinsterden uitdagend. 'Zo...' zei hij met een licht sarcasme, 'zo, zo... en uit welke omstandigheden trekt onze jonge vriend deze... eh, geniale conclusie?'
Vledder slikte iets weg. 'Er zijn geen omstandigheden,' zei hij weifelend. 'Ik bedoel... er zijn geen directe aanwijzingen in de

richting van moord. Ik kan je echt niets concreets noemen. Ik vind het alleen vreemd. Een jongeman van tweeëndertig jaar sterft volgens mij niet *zomaar* na het drinken van een paar borrels. Daar geloof ik niet in. Mijn gevoel...'
De Cock lachte schamper. 'Jouw gevoel kost mij mijn nachtrust.'
De jonge Vledder stak zijn kin naar voren. 'Luister eens, De Cock,' riep hij fel, 'ik heb je niet voor niets laten komen. Geloof dat. Je denkt toch zeker niet dat ik mijzelf in de ogen van jou en de commissaris bespottelijk wil maken? Ik ben toch niet gek? Ik zeg je nogmaals... ik geloof niet dat die jongeman in cel zeven een natuurlijke dood stierf. Ik heb het stellige idee dat er een misdrijf in het spel is. Hoe of wat... ik weet het niet. Het is zomaar een idee. Het is best mogelijk dat ik mij totaal vergis... dat er helemaal niets aan de hand is, maar ik wil het onderzoeken.' Hij kneep zijn lippen op elkaar. 'En zo is het. En als jij te knorrig bent om mij bij te staan, wel, heel simpel, dan doe ik het alleen.'
De Cock keek zijn jonge collega onderzoekend aan. Hij had in de stem van Vledder iets gehoord wat hem verraste. Een ondertoon van wrevel, vermengd met koele vastberadenheid.
Het was feitelijk voor het eerst dat hij bij zijn meest geliefde leerling zo'n duidelijk blijk van zelfstandigheid zag. De Cock constateerde het met genoegen. Het deed hem oprecht goed en langzaam verdween zijn slechte humeur.
De innerlijke omwenteling tekende zich op zijn gezicht af. Duidelijk. De verticale plooien van zijn wangen vervormden zich tot dartele accolades, omlijsting van een glimlach vol vriendelijke welwillendheid. Hij gebaarde vrolijk in de richting van het gaskomfoortje. 'Waar blijft mijn koffie?'
Vledder slaakte een zucht van verlichting. 'Nog even pruttelen...'

De Cock schoof de lege koffiekop wat opzij en legde zijn beide benen op zijn bureau. De koffie had hem weer met het leven verzoend en de gedachte aan de verstoorde nachtrust wat op de achtergrond gedrongen. Behaaglijk onderuitgezakt hing hij in zijn stoel en keek naar Vledder, die levendig gebaarde. 'Begrijp me goed, De Cock. Ik wil echt niet eigenwijs zijn, maar

ik heb die jongeman beneden in de cel gezien. Het is een flinke vent, atletisch gebouwd, sterk, stevig. Echt een man in de volle kracht van zijn leven.' Hij spreidde beide armen. 'Dat is natuurlijk geen garantie voor onsterfelijkheid... dat begrijp ik best, maar toch... zie je, zijn dood komt mij zo onwezenlijk voor.'
De Cock knikte begrijpend. 'Uiterlijke tekenen van geweld?'
Vledder trok zijn schouders omhoog. 'Ik heb hem maar oppervlakkig bekeken. Samen met brigadier Bijkerk. Ik heb alleen zijn hemd losgemaakt. Aan zijn borst, rug en buik hebben we zo met het blote oog geen verwondingen kunnen ontdekken. Maar je weet hoe donker het in die cellen is.'
'Heb je wat geroken?'
'Een vrij sterke dranklucht. Meer niet. Ik bedoel, niets bijzonders. Geen geur van bittere amandelen of iets dergelijks.'
'Wat zei de dokter?'
Vledder maakte een hulpeloos gebaar. 'Toen ik aan de Warmoesstraat kwam, was de dokter van de Geneeskundige Dienst al verdwenen. Brigadier Bijkerk vertelde mij dat hij alleen maar even naar het slachtoffer had gekeken en toen had gezegd dat de man was overleden. Meer niet. De brigadier had hem nog wel naar een doodsoorzaak gevraagd, maar daarover had de dokter niets kunnen of willen zeggen.'
De Cock knikte. 'Begrijpelijk. Er was, zoals je zei, uiterlijk aan het lijk niets te zien. We zullen moeten wachten tot na de sectie en een toxicologisch onderzoek. Als hier werkelijk sprake is van een misdrijf, is er maar één mogelijkheid... vergif.'
Vledder staarde voor zich uit. 'Vergif,' zei hij peinzend. 'Je hebt gelijk. Dat moet het welhaast zijn.' Hij streek met zijn hand langs zijn brede kin. 'Ook alcohol is een vergif. En de uiterlijke tekenen van een alcoholvergiftiging noemen we dronkenschap.' Hij keek naar De Cock. 'Zou er veel verschil zijn?'
'Hoe bedoel je?'
'Wel, tussen de symptomen van een alcoholvergiftiging en een vergiftiging met een andere stof?'
De Cock schoof zijn onderlip naar voren. 'Het hangt natuurlijk van het vergif af... de aard... de hoeveelheid. Maar in grote trekken komen de verschijnselen wel met elkaar overeen.'

Vledder knikte. 'Het is dus achteraf niet zo vreemd dat die agenten het slachtoffer voor openbare dronkenschap oppikten. Hij zal op straat beslist wel het beeld hebben getoond van een zwaar beschonken man... wettelijk compleet... met een waggelende gang en het spreken van wartaal.'
De Cock keek op. 'Wartaal... heeft hij nog iets gezegd?'
Vledder haalde zijn schouders op. 'Ik weet niet of hij nog iets heeft gezegd. Volgens brigadier Bijkerk heeft hij zijn mond niet meer opengedaan.'
'En de jongens die hem binnenbrachten?'
'Dat waren Kraaijenbrink en De Vries. Toen ik aan het bureau kwam, waren ze allang naar huis. Hun dienst liep tot elf uur. We moeten morgen maar eens met ze gaan praten. Of misschien is het nog beter dat ze een uitgebreid rapport van hun bevindingen maken.'
De Cock knikte. 'Ze zullen zich voor die arrestatie toch wel moeten verantwoorden, denk ik. Let maar op. Ook brigadier Bijkerk, die de man uiteindelijk voor dronkenschap insloot, kan nog heel wat narigheid verwachten. Dit gevalletje lekt natuurlijk uit en dan volgen onvermijdelijk grote artikelen in onze kranten. *Man overlijdt in cel. Onvoldoende toezicht? Kwam medische hulp te laat?* Ik zie de krantenkoppen al voor me. Ik heb dit meer meegemaakt. Je kunt erop rekenen dat de commissaris precies het naadje van de kous wil weten. De Ouwe is als de dood voor de pers.'
Vledder stoof op. 'Maar hier kan toch niemand iets aan doen? Dit is toch niet de schuld van de politie?'
De Cock stak zijn hand op. 'Wacht even... dat beweer ik niet. Het kan mij eigenlijk ook niet zoveel schelen wie hier schuld heeft. Maar als deze man, zoals wij nu aannemen, werkelijk is vergiftigd en ten gevolge daarvan waggelend over de straat liep, is het toch wel verdomde triest dat hij in een dronkemanscel werd opgesloten en daar uiteindelijk op een kale houten brits moederziel alleen stierf, zonder dat iemand het in de gaten had.'
Vledder zuchtte diep. 'Ja,' zei hij zacht, 'je hebt gelijk, dat is inderdaad triest, verrekte triest. Eigenlijk moest je daar niet bij stilstaan. Je zou er opstandig van worden.' Hij staarde een tijdje

nadenkend voor zich uit. 'Toch vraag je je af hoe dergelijke dingen in de toekomst zijn te voorkomen.'
De Cock haalde zijn schouders op. 'Och,' zei hij gelaten, 'zulke dingen gebeuren. Overigens... volkomen te goeder trouw. Daar moeten we toch van uitgaan.'
Vledder grijnsde. 'Om het volk te dienen.'
Het klonk bijzonder cynisch.

3

De Cock slenterde naar het komfoortje en schonk zich nog eens in. ‘Wat weten we van het slachtoffer?’
Vledder krabde zich achter in de nek. ‘Niet veel,’ zei hij wat mistroostig. ‘Ik heb alles wat de jongeman bij zich had goed bekeken. Zijn kleding is modern, van goede snit en kwaliteit. Een tikkeltje opzichtig, dat wel. In zijn portefeuille zat ongeveer een honderd gulden en dan verder papieren ten name van ene Alex Delszsen.’
De Cock fronste zijn wenkbrauwen. ‘Alex Delszsen,’ zei hij nadenkend. ‘Ik heb die naam wel eens meer gehoord... of gelezen. Ik weet alleen niet meer hoe of waar. Hoe oud is hij?’
‘Tweeëndertig.’
‘En wat doet hij?’
‘Student.’
De Cock lachte. ‘Een beetje oud voor een student. Vind je niet?’
Vledder knikte. ‘Bij zijn papieren was een collegekaart van de Vrije Universiteit van Amsterdam. Het schijnt dus wel te kloppen. Bovendien woonde hij op het adres Brouwersgracht 317. Je weet wel, dat is dat kleine smalle huis bijna op de hoek van de Prinsengracht. Zover ik weet, wonen daar een stel studenten bij elkaar.’ Hij kauwde peinzend op zijn onderlip. ‘Hoe noemt men zo’n studentenclubje ook weer?’
‘Een dispuut.’
Vledder knikte langzaam. ‘Dispuut,’ herhaalde hij, ‘ja, dat woord ben ik een paar maal op de papieren in zijn portefeuille tegengekomen. Dispuut *Hora ruit*.’
De Cock keek verrast naar hem op. ‘Dat is een mooie naam,’ zei hij bewonderend. *Hora ruit*. Weet je wat dat betekent?’
‘Nee... mijn Latijn is niet zo goed.’
‘De tijd verstrijkt.’
‘Wel toepasselijk.’

De Cock streek met zijn hand door zijn grijze haar. 'Ik vind het mooi,' zei hij zacht. *'Hora ruit.'* Hij proefde de woorden op zijn tong. 'Heel mooi.' Hij gebaarde naar Vledder. 'Verder nog bijzonderheden?'
De jonge rechercheur pakte zijn notitieboekje. 'Een paar nogal oproerige pamfletten over acties en andere studentenfestiviteiten. En dan twee ongebruikte toegangskaarten voor een voorstelling in de stadsschouwburg.'
'Welke voorstelling?'
'Dertien september. William Shakespeares *Much ado about nothing.*'
'Dat is vanavond.'
'Ja, de voorstelling van vanavond. Het begon om halfnegen. Ik heb dit nagegaan. De kaartjes zijn al een paar dagen geleden gekocht.'
De Cock wreef met zijn hand langs zijn brede kin. 'Het ziet ernaar uit dat Alex Delszsen op weg was naar een afspraak... een afspraak voor een bezoek aan de stadsschouwburg.' Hij keek op. 'Als ik mij goed herinner, werd hij om acht uur vanaf het Damrak binnengebracht?'
Vledder knikte. 'Precies. Zo staat het in het mutatierapport van brigadier Bijkerk.' Hij citeerde letterlijk. *'Twintig uur, cel zeven, man voor 453 ter ontnuchtering ingesloten. Te dronken om zijn naam te kunnen opgeven.'*
De Cock zuchtte diep. 'Arme kerel,' zei hij medelijdend. 'Hij heeft het niet meer gehaald.'
Vledder schudde het hoofd. 'Het lijkt mij interessant te weten wie er op hem stond te wachten.'
'Met andere woorden... voor wie was dat tweede kaartje?'
Vledder knikte. 'Hij of zij wachtte tevergeefs.'
De Cock stond langzaam van zijn stoel op en slenterde naar het raam. Daar bleef hij staan in zijn geliefkoosde houding: de handen op de rug, zachtjes wippend op de ballen van zijn voeten.
Beneden, voor de ingang van het bureau, stond een crèmekleurige ambulancewagen van de Geneeskundige Dienst, de deuren uitnodigend open.
Het slachtoffer werd weggehaald. Twee levensgrote dienders hielpen bij het dragen van de brancard.

De Cock verzonk in gepeins. *'Hora ruit,'* mompelde hij na een poosje. 'Voor Alex Delszsen niet meer. Voor hem riep de pedel van de dood ... *Hora est.*'
Vledder keek hem vragend aan. *'Hora est?'*
De Cock knikte traag. 'Het is tijd.'

Commissaris Buitendam, de lange, statige politiechef van het aloude politiebureau aan de Warmoesstraat, zwaaide driftig met een ochtendblad. 'Dit is... eh, dit is toch wel het toppunt.' Hij likte aan zijn droge lippen. Zijn anders wat bleek gezicht had een rode gloed. 'Dit heb ik in mijn lange politieleven nog niet meegemaakt. Dat men kritiek heeft op ons werk... dat is nog tot daar aan toe. Dat mag. We leven tenslotte in een democratische staat.' Hij klapte met de krant op de rand van zijn bureau. 'Maar dit...'
De Cock keek hem niet-begrijpend aan. 'Wat?'
De politiechef wierp hem de verkreukelde krant toe. 'Lees de frontpagina. Er wordt duidelijk gesuggereerd dat wij Alex Delszsen hebben vermoord.'
'Wij?'
De commissaris knikte heftig. 'Vermoord. We hebben hem rustig in zijn cel laten verrekken. Opzettelijk. Niet op eigen houtje... nee, maar heel keurig en heel discreet in opdracht van een reactionaire regering, die bevreesd was voor de groeiende invloed van het genie Delszsen.'
'Dwaas.'
'Inderdaad, maar het publiek leest het.'
De Cock trok zijn platte neus op. 'Delszsen een genie... zei u? Ik dacht dat hij een wat verlate student was. Meer niet. Maar een genie... dat betwijfel ik.'
De commissaris gebaarde voor zich uit. 'Hij was een van die... eh, politiek bewuste jongeren die het studentenwereldje de laatste jaren zo in beroering brengen. Hij geldt... gold als een van de voornaamste animators van diverse studentenrellen.'
De Cock haalde zijn schouders op. 'Dat is toch geen reden om hem te vermoorden.'
De commissaris liet zich in zijn stoel zakken. 'Niet voor ons. En uiteraard ook niet voor onze regering. Maar er zijn blijkbaar

groeperingen die ons graag een moord op Alex Delszsen in de schoenen zouden schuiven. Het is koren op hun molen. Begrijp je, De Cock, de dood van Alex Delszsen kan politiek gezien tal van consequenties hebben.'
De Cock bromde. 'Wij zijn simpele, rechtlijnige politiemensen... geen warrige politici. Wat interesseert ons politiek. Laten die kranten schrijven wat ze willen.'
Buitendam schudde het hoofd. 'Of je het leuk vindt of niet,' zei hij geduldig, 'de politiek interesseert zich voor ons. Laten we in godsnaam hopen dat de jongeman in cel zeven gewoon een natuurlijke dood stierf.' Hij boog zich iets naar voren, strekte zijn hand naar De Cock uit. 'Maar als Alex Delszsen werd vermoord, is het zaak dat zijn moordenaar snel wordt gepakt. Beter nog vandaag dan morgen. Wij zijn dat aan onszelf verplicht.'
'Waarom?'
De commissaris slikte iets weg. 'Waarom... waarom?' reageerde hij fel. 'Om... eh, omdat ik geen narigheid wil... omdat ik vanmorgen vroeg al allerlei belangrijke mensen aan de telefoon had... omdat ik er weinig voor voel de dupe te worden van een of ander politiek spelletje. Begrijp je?'
De Cock schudde het hoofd. 'Nee,' zei hij stug, 'ik begrijp het niet.'
De commissaris sloot zijn ogen en zuchtte. 'Ga maar,' zei hij berustend. 'Ik wacht op je rapporten.'
De Cock slenterde de kamer uit, een zoete grijns om zijn lippen.

Vledder keek zijn collega glunderend aan. 'Je kunt het niet laten, hè? De Ouwe zit in een moeilijk parket. Daar behoor je begrip voor te hebben. De dood van Alex Delszsen is politiek-explosief.'
De Cock snoof. '*So what?* Ik ben rechercheur. Ik onderzoek misdrijven. Dat is mijn werk. Dat heeft met politiek niets te maken. Een chirurg vraagt zich toch ook niet af of het gezwel dat hij verwijdert politiek rechts of links is georiënteerd. Hij snijdt het weg.' De grijze speurder gebaarde wild voor zich uit. 'Als Alex Delszsen werd vermoord, zal ik zijn moordenaar vinden, ongeacht diens politieke motieven en/of interessen.'

Vledder schudde het hoofd. 'Je bent een vreemde kerel.'
De Cock knikte. 'Mooi,' zei hij gelaten, 'dat wil ik dan blijven.' Hij wuifde het onderwerp wat geërgerd weg. 'Terzake... hoe was de sectie?'
Vledder haalde zijn schouders op. 'Niets bijzonders. Alex Delszsen zag er vanbinnen gaaf uit. Dokter Rusteloos heeft geen afwijkingen geconstateerd. Althans geen afwijkingen die zijn vroege dood konden verklaren. Volgens de patholoog-anatoom stierf Delszsen aan vergiftiging.'
'Maar dat kon hij niet aantonen.'
'Nee. Het toxicologisch onderzoek doet doctorandus Eskes. Ik heb hem maag en darminhoud, bloed en urine gebracht.'
'En verder?'
'Stukjes van de lever, de nieren, de longen... het gebruikelijke recept.'
'Geen punctieplekjes?'
'Dokter Rusteloos is alles zeer nauwkeurig nagegaan. Als Alex Delszsen door vergiftiging stierf, werd het gif niet met een injectienaald toegediend.'

De Cock lichtte zijn hoedje. 'Beste Eskes, kun je al iets zeggen?' Hij maakte een dwaas, bijna hulpeloos gebaar. 'Vergeef me dat ik zomaar jouw domein binnenstap. Hoever sta je met je toxicologisch onderzoek? Je begrijpt dat ik nieuwsgierig ben. Ik zou nu toch eindelijk wel eens willen weten waar ik aan toe ben. Werd Alex Delszsen vermoord of niet?'
Drs. Eskes, groot politiedeskundige van het onvolprezen Amsterdamse recherchekorps, legde vriendschappelijk zijn arm om de brede schouders van De Cock en leidde hem naar het rommelige zijkamertje van zijn laboratorium, waar hij altijd te vinden was als... als hij niet toevallig met een van zijn proefjes bezig was. Drs. Eskes was een pure alchimist... op z'n minst een vijfhonderd jaar te laat geboren.
'Ja, ja,' zei hij traag. 'Ik begrijp je, De Cock. Ik begrijp je volkomen. Als uit mijn onderzoek zou blijken dat die Alex een natuurlijke dood is gestorven, heb jij er geen bemoeienis meer mee. Dan zou je de zaak rustig kunnen vergeten.' Hij keek hem

van terzijde aan, steels, met een kleine twinkeling in zijn ogen. 'In je hart hoop je natuurlijk dat er geen vergif is. Het zou mij tenminste niets verbazen als je helemaal geen zin had in weer een nieuwe moordzaak.'
De Cock grijnsde breed. 'Je schijnt me te kennen.'
De politiedeskundige glimlachte. 'Al lang... al heel lang. Ik schat zo ruim twintig jaar. Wil je geloven dat ik mij nog precies alle moordzaken die jij tot oplossing bracht herinner? En dat zijn er toch heel wat geweest. Het moet gezegd... je bent altijd bijzonder succesvol geweest.'
De Cock staarde voor zich uit. 'Ja,' zei hij loom. 'Succesvol. Het klinkt misschien vreemd, maar ik ben er niet eens blij mee. Weet je, succes schept verplichtingen. Ik heb soms het gevoel dat ik voortdurend op de toppen van mijn tenen loop.' Drs. Eskes grinnikte. 'Dat loopt wat moeilijk.'
De Cock negeerde het grapje. 'Je begrijpt wat ik bedoel. Men schijnt wel eens te denken dat ik een soort helderziende ben, een man met paranormale begaafdheden. En jij weet misschien wel beter dan wie ook dat het oplossen van moorden heel weinig met koffiedik te maken heeft.' Hij zweeg even, krabde zich achter in de nek. 'Ik vraag mij wel eens af wat men zou zeggen als ik eens faalde, als ik de dader eens niet vond. Ik geloof niet dat men zich dat kan voorstellen.' Hij zweeg opnieuw, keek de politiedeskundige wat somber aan. 'Ik... ik, voor mij, ik hoop dat Alex Delszsen niet werd vermoord.'
Drs. Eskes blikte terug. 'Ik begrijp je, je zou weer opnieuw moeten bewijzen hoe goed je bent.' Hij liet zich met een zucht in zijn stoel achter zijn bureautje zakken en schudde mistroostig het hoofd. 'Het spijt me, De Cock. Eerlijk, het spijt me. Ik moet je teleurstellen. Ik ben nog wel niet helemaal klaar met mijn onderzoek, ik moet nog een paar reacties afwachten, maar ik kan je nu toch al wel zeggen dat de maag- en darminhoud van Alex Delszsen een dodelijke hoeveelheid diethylparanitrofenylthiofosfaat bevatte.'
De Cock trok rimpels in zijn voorhoofd. 'Wat bevatte?'
Drs. Eskes lachte luid. 'Diethylparanitrofenylthiofosfaat, een praktisch niet uit te spreken woord. Maar och, met een beetje

inspanning lukt het wel. Het zijn precies tweeëndertig letters. Tel ze maar na.'
'Ik denk er niet over.'
De politiedeskundige lachte opnieuw. 'Het is zo. Je hoeft er je tong ook niet over te breken. Ik zet het keurig voor je in mijn analyserapport. Dan kan je het later zonder moeite in je procesverbaal overnemen.'
De Cock knikte. 'En wat is diethyl-dinges?'
Drs. Eskes stak een sigaret op en greep een van zijn vele boeken met chemische formules. Hij bezat een exclusieve bibliotheek over alle soorten dodelijk venijn. 'Diethylparanitrofenylthiofosfaat,' las hij zonder enige hapering, 'is de werkzame stof van parathion, een land- en tuinbouwvergif, behorende tot de groep van de organische fosforzure esters met anticholiesterasewerking.'
De Cock schoot in de lach. 'Gooi maar in mijn pet,' grinnikte hij. 'Het is voor mij puur abracadabra. Maar het klinkt wel mooi, moet ik zeggen... zo indrukwekkend.' Hij keek de politiedeskundige onderzoekend aan, zijn hoofd een beetje schuin. 'Als ik,' grijnsde hij, 'als ik nu eens alle franje weglaat, hou ik dan gewoon parathion over?'
Drs. Eskes knikte bedaard. Hij boog zich weer over zijn boek. 'Parathion,' las hij onverstoorbaar verder, 'is een uiterst zwaar vergif, zowel bij het opnemen door de mond als na inademing. Het kan zelfs door de huid heen een dodelijke vergiftiging veroorzaken.'
'Dat is nogal wat. En de verschijnselen?'
De politiedeskundige dook weer in zijn boek. 'Hoofdpijn, duizeligheid, misselijkheid, beklemd gevoel op de borst, onrust en angstige droombeelden, tranenvloed en slecht zien. In een wat later stadium komen daar nog bij hevige buikkrampen, diarree, sterk zweten en pijnlijke trekkingen in de spieren.'
De Cock trok een vies gezicht. 'Rotspul,' bromde hij.
Drs. Eskes zuchtte diep. 'Dat kan je gerust zeggen. Rotspul. Tweehonderdvijftig milligram is al een letale... dodelijke dosis. En dan te bedenken dat dit uiterst gevaarlijke vergif in duizenden, ja, misschien wel in tienduizenden gezinnen voorhanden is. Hele literflessen vol. In de regel staat het zomaar open en

bloot in het gootsteenkastje of buiten in het schuurtje, waar eenieder bij kan. Het is gewoon een griezelig idee.'

Een tijdlang zwegen beiden.

De Cock streek met zijn hand langs zijn brede kin en staarde naar de rooksliertjes die van zijn sigaret langzaam naar de zoldering dreven. 'Parathion,' zei hij peinzend, 'een beetje ongewoon. Ik bedoel... ongewoon voor de grote stad. Ik ben het in Amsterdam nog nooit tegengekomen.'

De politiedeskundige schudde het hoofd. 'Nee,' zei hij bedachtzaam, 'nee, Ik kan mij tenminste geen Amsterdams geval herinneren.' Om zijn lippen speelde een fijn glimlachje. 'Het is ook een land- en tuinbouwvergif en de Amsterdammer is nu eenmaal niet zo agrarisch ingesteld. Maar buiten, op het platteland gebeuren er nog wel eens ongelukken mee. Je behoeft er de krantenverslagen maar op na te lezen. Het is ook voor moord dikwijls gebruikt. Het werkt snel.'

De Cock keek op. 'Hoe snel?'

Drs. Eskes gebaarde voor zich uit. 'Tja, dat is wat moeilijk te zeggen. Dat kan zijn van een aantal minuten tot een aantal uren. Het hangt van een stel factoren af.'

'Welke?'

De politiedeskundige plukte aan zijn onderlip. 'De hoeveelheid van het toegebrachte vergif speelt natuurlijk een belangrijke rol. De weerstand van het slachtoffer. Zijn lichamelijke toestand. En dan... ook belangrijk: wat heeft het slachtoffer gegeten en/of gedronken kort voor- en nadat het gif werd toegediend. Sommige voedingsmiddelen en dranken werken vertragend. Andere hebben een stimulerende werking... bijvoorbeeld alcohol.'

De Cock knikte begrijpend.

'Had Alex Delszsen alcohol in zijn bloed? De brigadier en de beide agenten zijn ervan overtuigd een dranklucht te hebben waargenomen.'

Drs. Eskes tastte de stapels papieren op zijn bureau af. 'Ja,' zei hij knikkend, 'er was alcohol. Ik moet mijn aantekeningen hier nog ergens hebben liggen.' Hij deed een greep in een van de laden van zijn bureau. 'Hier heb ik het. Het is 0,65 promille.'

'En dat betekent?'

'Twee à drie borrels.'
De Cock streek met zijn hand door zijn haar. 'Dat is niet veel.'
Drs. Eskes schudde het hoofd. 'Nee. Maar we kunnen toch wel aannemen dat bij Alex Delszsen de parathion snel heeft gewerkt. De alcohol werkte stimulerend... zorgde voor een snelle opname van het gif in het bloed.'
De Cock kauwde op zijn onderlip. 'Zou het mogelijk zijn een soort tijdschema op te stellen?'
De politiedeskundige trok een bedenkelijk gezicht. 'Ik zou je aanraden met de tijd erg voorzichtig te zijn. Je kunt er weinig staat op maken. Je weet bijvoorbeeld niet eens het tijdstip van overlijden. Ja... ergens tussen acht uur 's avonds en één uur 's nachts. Maar dat is dan ook alles. Wanneer je zou willen terugwerken tot het tijdstip van het toedienen van het gif, mag je wel met een hele ruime marge rekening houden, wil je tenminste niet voor onaangename verrassingen komen te staan.'
De Cock schudde geërgerd het hoofd. 'Verdomde gifmoorden,' riep hij kwaad. 'Het is maar gelukkig dat ze zo weinig voorkomen.'
Drs. Eskes kwam moeizaam uit zijn stoel overeind. Hij liep naar het raam en keek over de daken van de oude stad. 'Ik geloof,' zei hij traag, nadenkend, 'dat we daar erg voorzichtig mee moeten zijn.'
'Hoe bedoel je?'
De politiedeskundige gebaarde naar buiten. 'Weet je,' zei hij aarzelend, 'ik geloof dat wij politiemensen er geen flauw idee van hebben hoe groot het aantal gifmoorden in werkelijkheid is.'
De Cock haalde zijn schouders op. 'Och wat,' zei hij nonchalant, 'zoveel zijn het er niet. Wat hebben we in ons lieve landje nu voor gifmoorden? Ze komen sporadisch voor. Ik schat alles bij elkaar hoogstens een of twee per jaar.'
Drs. Eskes draaide zich van het raam af. Zijn gezicht stond ernstig. 'Volgens de statistieken heb je gelijk. Dan valt het ook wel mee. Niets om je druk over te maken.' Hij stak waarschuwend een vinger omhoog. 'Maar bedenk dat in de statistieken alleen die gifmoorden zijn opgenomen die openbaar zijn geworden, waarbij op het slachtoffer sectie is verricht, gevolgd door een

toxicologisch onderzoek. Maar van die andere gevallen weten we niets.'
De Cock keek de politiedeskundige niet-begrijpend aan. 'Ik kan je redenering niet helemaal volgen,' zei hij verwonderd. 'Natuurlijk weten we niets van die andere gevallen. We kennen uiteraard alleen de gifmoorden die uitkomen. De rest blijft voor ons verborgen. Dat is... dat is bij alle misdrijven zo. Er is altijd een *missing link*, een percentage verscholen feiten.'
Drs. Eskes knikte heftig. 'Juist,' zei hij met opgestoken vinger, 'heel juist... en juist dat percentage verscholen gifmoorden schat ik bijzonder hoog.'
De Cock trok rimpels in zijn voorhoofd. 'Je bedoelt,' zei hij met een zweem van achterdocht, 'dat er volgens jou een groot aantal mensen dood-ge-moe-de-reerd onder de groene zoden wordt gestopt, zomaar, zonder dat er ooit politie of justitie aan te pas komt, terwijl... terwijl ze in feite zijn vermoord?'
De politiedeskundige lachte. 'Doodgemoedereerd,' zei hij fijntjes, 'is een understatement, maar zo bedoel ik het inderdaad.'
De Cock grinnikte wat schaapachtig. 'Ma... maar,' stamelde hij, 'dat is toch te gek. Hoe kom je in godsnaam op die dwaze gedachte?'
Drs. Eskes schudde het hoofd. 'Het is geen dwaze gedachte. Het is helemaal niet dwaas. Het is een simpele en volgens mij volkomen gerechtvaardigde conclusie.' Hij ging weer achter zijn bureau zitten en gebaarde naar de De Cock. 'Ik ga uit van het aantal pogingen.'
'Pogingen?'
Drs. Eskes knikte. 'Het aantal bekend geworden pogingen tot vergiftiging ligt namelijk vrij hoog. Je zou er gewoon van schrikken als je wist hoe vaak er geprobeerd wordt iemand door middel van vergif om het leven te brengen. En dat is niet alleen in Nederland zo, maar vrijwel overal in de wereld waar een criminele statistiek wordt bijgehouden.' De politiedeskundige ging er eens goed voor zitten. 'Bij een "poging" tot vergiftiging is de moordaanslag dus niet gelukt... nog niet. Hij werd op tijd ontdekt. Hoe ontstaat de ontdekking? Met andere woorden... hoe komt zo'n poging aan het licht? Wel, het object, het slachtoffer

voelt zich niet prettig en gaat naar de dokter. In sommige gevallen zal het slachtoffer zelf het vermoeden opperen dat er sprake is van vergiftiging, in andere gevallen zal een oplettende arts de verschijnselen onderkennen. Maar hoe dan ook, het is altijd het slachtoffer zelf die het onderzoek, het criminele onderzoek op gang helpt.' Hij pauzeerde even. 'Maar wat gebeurt er als het slachtoffer niet meer in staat is om te spreken, met andere woorden... als de poging tot vergiftiging is gelukt?' De heer Eskes grijnsde breed. 'Dan, mijn beste vriend, kraait er geen haan naar... zelfs geen De Cock.'

De Cock glimlachte om de woordspeling. 'Toch geloof ik,' zei hij ernstig, 'dat je de zaak te simpel voorstelt. Zo eenvoudig is een gifmoord nu ook weer niet. Je zult eerst vergif moeten bemachtigen en dan het slachtoffer om de tuin leiden. Vrijwillig neemt hij geen vergif in. En als dat allemaal lukt, komt er toch altijd een dokter voor de doodschouw. Wanneer een van zijn patiënten vrij plotseling sterft, ik bedoel zonder een voorafgaande ziekte, zal hij niet zo gemakkelijk een verklaring van overlijden afgeven. Bij de geringste twijfel wordt toch al een sectie verricht.' Hij zuchtte diep. 'Maar je hebt gelijk... het is zaak om voorzichtig te zijn. Een goed opgezette gifmoord blijft gemakkelijk onopgemerkt.'

De politiedeskundige staarde voor zich uit. 'Het is om te huiveren,' zei hij zacht.

Een tijdlang zwegen beiden. Ineens verscheen er op het vriendelijke gelaat van drs. Eskes een zoete glimlach. 'Weet je, De Cock,' zei hij gnuivend, 'ik moet bij vergiftiging altijd denken aan *Arsenicum en oude kant*, dat toneelstuk waarin twee schattige oude dametjes heel genoeglijk een dozijn argeloze eenzame mannetjes om zeep helpen. Kostelijk. En dan niet te vergeten onze eigen vaderlandse Goede Mie, de zo zorgzame Leidse gifmengster, die terwille van een paar verzekeringspenningen een vijftal families compleet uitroeide. Ze werd Goede Mie genoemd, omdat ze zo zorgzaam, lief en vriendelijk was. In het buurtje waar ze moordend rondging, gold ze als een engel der weldaad.' De politiedeskundige bracht zijn wijsvinger voor zijn neus. 'Kijk, De Cock, dat is juist zo merkwaardig, zo

opvallend... de luitjes die voor hun moorden vergif gebruiken, hebben heel vaak een vriendelijk masker.'
De Cock krabde zich achter in de nek. 'Een vriendelijk masker,' herhaalde hij peinzend. 'Wist ik maar welk masker de moordenaar van Alex Delszsen gebruikt.'
Drs. Eskes keek naar hem op. 'Het zou de zaak aanmerkelijk vereenvoudigen.'

4

De Cock stond in de grote recherchekamer van het politiebureau aan de Warmoesstraat, op zijn meest geliefde plekje, bij het raam met uitzicht op de oude Heintje Hoekssteeg. Hij keek naar zijn vriend Mosie, de haringman, die zijn zware kar behoedzaam door de smalle steeg manoeuvreerde en bedacht met verdriet dat hij dit jaar nog maar weinig nieuwe haringen had geproefd. Het water liep hem in de mond.

Hij draaide zich langzaam om. Wat verderop, aan zijn bureau bij de deur van het verhoorkamertje, zat de jonge Vledder. De Cock slenterde naar hem toe. 'Alex Delszsen,' zei hij haast achteloos, 'werd inderdaad vermoord... vergiftigd. Doctorandus Eskes heeft sporen van parathion gevonden.'

Vledder keek van zijn werk op. Verrast. Zijn blauwe ogen begonnen te stralen. 'Dus toch?'

'Ja.'

De jonge rechercheur lachte breed. 'Nou... wat heb ik je gezegd?' Het klonk enthousiast, bijna uitdagend. 'Wat heb ik je gezegd? Geen gewone natuurlijke dood, maar moord... vergiftigd. Ik dacht direct al dat er iets met die Alex Delszsen aan de hand was. Hij lag er in die cel ook zo vreemd bij... ongewoon.' Vledder keek de grijze speurder geamuseerd aan. 'Je zult moeten toegeven dat ik de mogelijkheid van moord onmiddellijk heb onderkend.'

De Cock bracht zijn lippen in een tuitje en knikte traag. 'Ik geef dat toe,' zei hij bedaard. 'Natuurlijk geef ik dat toe. Je bent bijzonder oplettend geweest. Je gaat beslist vooruit. Nog een paar jaartjes en je bent een echte rechercheur.'

Vledder trok zijn linkermondhoek iets omhoog. 'Nog een paar jaartjes,' herhaalde hij wat verongelijkt. 'Ik dacht dat ik geen *jaartjes* meer nodig had... dat ik er toch al iets van wist. Ik bedoel... We hebben in de loop van de tijd samen toch heel wat zaken opgelost... de moord op het sombere naakt, de dode harlekijn, de zaak van de ontgoochelde dode... noem maar op. Allemaal

moeilijke zaken. En ik heb steeds goed op je gelet. Hoe je het deed en zo. Ik dacht toch werkelijk dat ik het nu wel aankon.'
De Cock fronste zijn wenkbrauwen. 'Wat?'
Vledder glimlachte wat verlegen. 'Deze moord.'
De Cock antwoordde niet direct. Hij slenterde langzaam naar zijn eigen bureau en liet zich in zijn stoel zakken. Over de schrijfmachine heen kijkend, monsterde hij het gezicht van zijn jonge collega. 'Dacht je?'
Vledder kwam overeind. 'Ja,' zei hij aarzelend, 'dat dacht ik.'
De Cock streek met zijn hand over zijn stugge grijze haar en staarde dromerig voor zich uit. Hij scheen in gedachten verzonken.
In gespannen verwachting peilde de jonge Vledder het hem zo vertrouwde gelaat van zijn oude leermeester. Zijn blik gleed onderzoekend langs de krans van vriendelijke plooien, de wat brede plompe neus, de forse kin, en opnieuw trof hem de gelijkenis met een zachtaardige boxer. Hij kon in het gezicht geen enkele expressie ontdekken. Het maakte hem nerveus, kriegelig. 'Nou...?'
De Cock kauwde op zijn dikke onderlip. Dit wordt een moeilijke zaak,' zei hij vaderlijk, overtuigend. 'Een zaak met vele aspecten. Geloof me, vergiftiging is altijd moeilijk. Je moet dit echt niet onderschatten. Een gifmoordenaar is een lastig en vooral... een gevaarlijk tegenstander. Hij is van nature sluw en moeilijk te herkennen.'
Vledder haalde nonchalant zijn schouders op. 'Of men nu een pistool gebruikt, een sjaal, een mes of vergif... een moord is een moord.' Hij wuifde losjes in de ruimte. 'En ik heb nog nooit van een moordenaar gehoord die om ons te plezieren het woordje *dader* op zijn voorhoofd had geschreven.'
Het klonk sarcastisch.
De Cock schudde langzaam het hoofd. 'Nee,' zei hij wat somber, 'dat genoegen doen ze ons in de regel niet.'
Vledder reageerde fel. 'Nou dan,' riep hij uit. 'Wat maakt het dan voor verschil? Ik bedoel, een gifmoord of een andere moord, de werkwijze blijft voor ons toch hetzelfde.'
De Cock beluisterde de felle toon. Hij keek op, even maar. Een enkele blik in het gezicht van Vledder was hem genoeg. Hij

herkende een bijna verbeten vastberadenheid. Het misstond de jonge rechercheur niet. De Cock zuchtte diep. Hij moest er nog even aan wennen. 'Jij denkt dus,' zei hij gelaten, 'dat je deze zaak wel aankunt... dat je de moordenaar van Alex Delszsen wel kunt ontmaskeren?'
Vledder knikte vaag. 'Ja... dat dacht ik.' De Cock wreef met zijn pink over de rug van zijn brede neus. Het duurde een paar seconden. Toen had hij zijn besluit genomen. 'Goed,' zei hij kort, 'dan moest je het maar doen.'
Over het gezicht van Vledder joeg een rode blos. 'Je bedoelt...'
De Cock wuifde. 'Precies wat ik zeg. Van nu af heb jij de leiding van dit onderzoek. Ik... eh, ik ben je ondergeschikte.' Hij maakte een komisch gebaar. 'Wel, chef... grote leider... je zegt het maar. Wat kan ik voor je doen? Wie moet ik voor je arresteren?' Het klonk wat geforceerd.
Vledder keek zijn leermeester achterdochtig aan. Hij zag een sombere trek rond zijn mond en trok een verkeerde conclusie. 'Je moet niet nijdig worden, De Cock,' zei hij half verontschuldigend. 'Dat wil ik niet. Dat is echt niet mijn bedoeling. Ik mag je erg graag. Dat weet je. Maar...' hij stokte, zocht naar woorden, 'je moet dat goed begrijpen. Het is niet dat ik van je af wil. Maar ik wil wel eens bewijzen wat ik kan... ook aan jou. Dat is het. Deze vergiftigingszaak lijkt me wel... Ik dacht dat ik wel mogelijkheden zag om de dader te vinden.'
De Cock schudde langzaam het hoofd. 'Ik word niet nijdig,' zei hij zacht. 'Op jou niet. Als jij in deze moordzaak mogelijkheden ziet, moet je ze uitwerken. En verder...' hij maakte een wat droef gebaar, 'ik... ben toch wel de laatste die jouw carrière in de weg wil staan.'
Vledder slikte, beet op zijn onderlip. 'Je vindt het ook niet erg als ik het... eh, als ik het voorlopig alleen probeer? Begrijp je... voor mijn eigen zelfvertrouwen.'
De Cock schoof zijn onderlip naar voren en schudde zijn hoofd. 'Nee,' zei hij kalm, 'je gaat je gang maar. Ik zal het er vanmiddag met de commissaris over hebben. Hij moet het onderzoek dan maar aan jou overdragen. Dat lijkt mij wel het beste.'
Op het gezicht van Vledder verscheen een brede glimlach. 'Je

bent een fijne vent,' zei hij opgewekt. 'Maar ik neem aan dat je dat al wist.'
De Cock trachtte te glimlachen. Het werd niet meer dan een droeve grijns. 'Ja,' zei hij gelaten, 'dat is mij meer gezegd.' Hij draaide zich langzaam om en slenterde de kamer uit.

5

'Ik voel er niets voor.' Commissaris Buitendam schudde heftig het hoofd. 'Geen barst. Deze zaak is te ernstig, te delicaat. Ik kan het mij eenvoudig niet veroorloven de behandeling aan een jonge, onervaren kracht over te laten.'
De Cock ademde diep. 'Vledder is niet onervaren,' zei hij stug. 'Hij werkt al jaren met mij samen. Het wordt tijd dat hij zelfstandig gaat opereren.'
'Niet in deze zaak.'
De Cock reageerde niet direct. 'Ik ben wat moe,' zei hij na een poosje. 'Ik geloof niet dat ik voldoende fit ben.' Hij tastte met zijn hand naar het hoofd. 'Ik ben aan vakantie toe. Ik heb nog verlofdagen te goed van vorig jaar.'
De commissaris keek hem onderzoekend aan. 'Je bedoelt te zeggen dat je... hoe dan ook... niet bereid bent de zaak Delszsen verder te behandelen.'
De Cock krabde zich achter in de nek. 'Ik wil een paar dagen verlof,' zei hij nukkig. 'Is dat zo vreemd?'
De politiechef wreef met een slanke hand over zijn bleek gezicht. Hij wist dat een onwillige De Cock volkomen onhandelbaar was. 'Ik begrijp het,' zei hij langzaam. 'Elke discussie is zinloos. Er valt niet met je te praten.' Hij knikte voor zich uit. 'Goed... ik zal Vledder de opdracht geven de zaak van je over te nemen. Misschien is het ook wel beter. De politieke sfeer is niets voor jou. Bovendien... studenten zijn voor het merendeel jonge mensen en...'
De Cock keek op. 'En ik word al een oude man?'
Het klonk cynisch, een beetje droevig.
De commissaris antwoordde niet.

De charmante en altijd jeugdig acterende mevrouw De Cock keek verbaasd, toen ze haar man al om twee uur in de middag zag thuiskomen. 'Wat ben je vroeg?'

De Cock slingerde zijn hoedje naar de kapstok en trok zijn oude regenjas uit. Het ging traag, loom.
'Moet je er vanavond nog op uit?'
Hij drukte een kus op haar voorhoofd. 'Nee, ik hoef er vanavond niet meer uit. Ik blijf thuis bij jou. Ik ben vrij.'
'Vrij?'
'Ja, gewoon, vrij.'
Het klonk wat kribbig.
Er kwam een dwarse denkrimpel boven haar neus.
'Is... eh, is die moord op die student Alex Delszsen al opgelost? Ik dacht dat je er pas aan was begonnen? Gisteren kon je zelfs nog niet zeggen of het wel een echte moord was.'
De Cock bukte zich, streelde de kop van zijn trouwe boxer. 'Vledder heeft het onderzoek.'
Ze keek hem verbaasd aan. 'Vledder het onderzoek... waarom?'
Hij ontweek haar blik. 'Die jongen wilde het zo graag.' Het klonk alsof hij over een jengelend kind sprak. 'Hij dacht dat hij het wel aankon... alleen.' Hij pauzeerde even, keek schuin naar haar op. 'Wat moet ik? Ik zou eigenlijk blij moeten zijn. Ik heb die jongen opgeleid met de bedoeling dat hij mij uiteindelijk zou gaan vervangen zodat ik het wat rustiger aan kon doen.' Hij maakte een vaag gebaar in de ruimte. 'Wel... het is zover.'
Ze keek hem vertederd aan. 'En je vindt het niet prettig?'
De Cock grinnikte wat dwaas. 'Het klinkt misschien onaardig ten opzichte van die jongen... maar nee, als je mij eerlijk vraagt... ik vind het niet prettig. Het geeft me zo'n akelig gevoel vanbinnen. Het is net alsof ik vanmorgen een beetje ben gestorven, begrijp je... uitgerangeerd, zonder stoom op een doodlopend zijspoortje.'
Ze glimlachte. 'En nu heb je verlof genomen om vast te wennen?'
De Cock ging in zijn fauteuil zitten en schoof zijn altijd wat pijnlijke voeten in een paar zachte pantoffels. 'Een paar dagen. Ik vond dat het tijd werd dat ik mijn hengels weer eens tevoorschijn haalde. Ik ga vissen. Ouwe Berendsen heeft ergens in de kop van Noord-Holland een viswatertje ontdekt waar de mooiste snoeken gewoon bij je haakje in de rij staan. Hij deelt er altijd volgnummertjes uit... zegt-ie.' Hij krabde zich op het

hoofd en grijnsde. 'Ik denk dat ik daar eens heen ga. Als ik in de recherchekamer blijf rondhangen, ga ik mij er toch weer mee bemoeien. Ik weet hoe het gaat. Ik zou het gewoon niet kunnen laten.' Hij keek naar haar op. 'Daarom heb ik verlof genomen. Ik wil die jongen niet in de wielen rijden. Hij moet een faire kans hebben. Het komt hem toe.'
Ze was tegenover hem gaan zitten, aandachtig luisterend, de handen in haar schoot. Ze kende de moeilijkheden van haar man. Ze waren een deel van haarzelf geworden. 'Wat zei de commissaris ervan?'
De Cock haalde zijn schouders op. 'Hij voelde er aanvankelijk niet veel voor. Hij had nogal bedenkingen.'
'En?'
Hij schoof zijn onderlip naar voren. 'Ik heb gezegd dat Vledder het volgens mij wel aankon, dat die jongen zo langzamerhand rijp was om op eigen benen te staan. Ik zei ook dat ik niet verwachtte dat hij de zaak zou verprutsen. O... ik heb nog veel meer gezegd. Ik heb gewoon staan pleiten als een advocaat. Uiteindelijk stemde de Ouwe toe. Hij wilde de zaak wel aan Vledder opdragen, als ik geen verlof nam.'
'Wat?'
'Ja, ik moest in de buurt blijven.' De Cock maakte een wrevelig gebaar. 'Maar daar voelde ik geen bliksem voor. Dat heb ik hem ook gezegd. Ik wil er niet bij zijn. Ik zou geestelijk in de knoop raken. Daarom... ik heb tegen de zin van de commissaris toch verlof genomen. Ik wil er een paar dagen tussenuit, gewoon weg, de stad uit. Ik ga vissen.'
Ze keek hem een tijdje onderzoekend aan. De korzelige ondertoon in zijn stem was haar niet ontgaan. Ze kende zijn humeur, zijn stemmingen, en maakte zich zorgen. 'Kan ik mee?'
De Cock keek op. 'Vissen?' vroeg hij verwonderd.
'Ja, vissen.'
Hij grinnikte. 'Goed, als je wilt. We laden morgenvroeg alles in onze oude Volksfiets en gaan op stap. Ik zal collega Berendsen even bellen. Hij heeft in de buurt van Schagen, in het plaatsje Barsingerhorn, een aardig weekendhuisje. Als ik het hem vraag, mogen we daar best gebruik van maken.'

'En de hond?'
Er gleed een glans van vertedering over zijn breed gezicht. 'Bas gaat mee. Natuurlijk. In het huisje van Berendsen is plaats genoeg. Het is voor hem ook vakantie. Verandering van bomen zal hem goed doen.'
Ze stond uit haar stoel op. 'Mooi,' zei ze tevreden, 'dan zal ik straks wat spulletjes inpakken.'
Ze liep naar de keuken. Al na een paar minuten kwam ze terug en schonk koffie in. De Cock keek ernaar. Hoeveel koppen koffie had ze in haar leven al voor hem ingeschonken? Hij bedacht het plotseling. Het viel hem zo in. Duizend... tienduizend... of nog meer? Hij grinnikte zachtjes voor zich uit. Een stoet koppen... een sloot vol koffie. Ineens keek hij haar scherp aan. 'Ik heb nooit geweten,' zei hij met een lichte achterdocht, 'dat jij van vissen hield. Je bleef altijd thuis. Je wilde nooit mee als ik ging vissen.'
Ze deed of ze hem niet hoorde en schonk onverstoorbaar verder.
'Zeg, schat,' drong hij aan, 'ik begrijp het niet. Waarom wil je mee? Zover ik weet, heb je nog nooit een hengel vastgehouden.'
Ze deed een scheut room in de koffie en keek langzaam op. Om haar mond dartelde een glimlach. 'Ik heb ook nooit geweten,' zei ze liefjes, 'dat snoeken in de rij konden staan.'

6

Vledder zag bleek. Nerveuze trillingen trokken over zijn wangen. Met grote passen beende hij door de recherchekamer van het bureau Warmoesstraat. Soms ging hij even zitten. Niet lang. Dan stond hij weer op en begon opnieuw door de kamer te stappen. Hij voelde zich opgewonden, onrustig, en bovenal... onzeker. Aan de zijde van De Cock leek alles zo eenvoudig, zo simpel, en elke stap in het onderzoek zo vanzelfsprekend, dat hem al dikwijls de lust had bekropen om eindelijk eens uit de schaduw van zijn grote leermeester te komen en zelfstandig te worden.

De moord op Alex Delszsen had hem een geschikte mogelijkheid geleken om nu eens te bewijzen waartoe hij in staat was. Gifmoorden behoorden voor een rechercheur tot de moeilijkste opgaven – hij wist dat best – en juist daarom had hij er bij De Cock op aangedrongen om deze zaak zelfstandig te mogen behandelen. Het was een mooie kans om in één keer zijn reputatie als speurder te vestigen. Zo had hij bij zichzelf geredeneerd. En om De Cock tot toestemming te verleiden had hij gezegd dat hij wel mogelijkheden zag om de moordenaar van student Delszsen te ontmaskeren. Het was grootspraak geweest, pure bluf, overmoed. Hij zag geen mogelijkheden. Hij wist niet eens precies hoe en waar hij zou beginnen.

Midden in de kamer bleef hij staan en zuchtte. Met nietsdoen kwam hij niet verder. *Hora ruit...* de tijd verstrijkt. Over een paar dagen zou de commissaris hem zeker vragen hoe het stond. En dan zou hij iets zinnigs moeten zeggen. De Ouwe was niet gek. Zeker niet. Met vage uitvluchten zou hij geen genoegen nemen.

De jonge rechercheur krabde zich eens achter het oor. Daarna zuchtte hij opnieuw en besloot – als eerste stap – tot een bezoek aan het dispuut. Tenslotte... hij moest toch ergens beginnen.

'Alex Delszsen... vermoord... belachelijk.'
Emanuel Archibald Shepherd, student in de sociologie, keek de jonge Vledder verwonderd aan. 'Vermoord,' herhaalde hij bijna spottend. 'U meent het?'
Vledder knikte ernstig. 'Vergiftigd.'
Emanuel Archibald Shepherd trok zijn neus iets op en grinnikte. Het klonk niet prettig.
'Vergiftigd nog wel,' sprak hij geforceerd ongelovig. 'Een dwaze veronderstelling... mag ik wel zeggen.'
'Dwaas?'
Student Shepherd stak beide armen omhoog in een theatraal gebaar vol ongeduld. 'Natuurlijk,' riep hij hartstochtelijk, 'volkomen dwaas. Waarom zou Alex Delszsen zijn vermoord? En wie zou dat gedaan moeten hebben? Ik bedoel maar... een moord veronderstelt toch ook een moordenaar.'
Vledder knikte. 'Dat is juist,' antwoordde hij rustig. 'U hebt gelijk. Bij een moord zijn er altijd twee. Kaïn sloeg Abel. Het is van den beginne af zo geweest.' Hij pauzeerde even, glimlachte wat hautain. 'Alleen vroeger... vroeger zag God er persoonlijk op toe. Dat is nu niet meer te doen... denk ik. Het behoort nu tot *mijn* taak de moordenaar van Alex Delszsen op te sporen.'
Shepherd reageerde niet direct. Hij monsterde de uitdrukking op Vledders gezicht. Met een scherpe blik schatte hij zijn intelligentie. 'Is er...' zei hij met een lichte aarzeling, 'is er geen vergissing in het spel? Móórd... het klinkt zo gruwelijk. Moet het per se *moord* zijn? Ik bedoel... zijn er geen andere mogelijkheden?'
Vledder schoof zijn onderlip vooruit. 'Ik vrees van niet. Het toxicologisch onderzoek liet geen enkele twijfel. In het lichaam van Alex Delszsen zijn duidelijke sporen van vergif aangetroffen. Zo'n onderzoek geschiedt zeer nauwgezet.' Hij trok zijn gezicht in een brede glimlach. 'U begrijpt... we kunnen ons bij de politie geen vergissingen veroorloven.'
Student Shepherd schudde langzaam het hoofd. 'Nee... dat begrijp ik... dat begrijp ik volkomen. Maar toch...' hij aarzelde, 'ziet u, rechercheur, het komt mij zo absurd voor. Ik kan er eenvoudig niet in geloven. Alex Delszsen... vermoord... wie had er nu belang bij zijn dood?' Hij haalde met schokkende bewegin-

kjes zijn smalle schouders op. 'Niemand... niemand had daar belang bij. Alex was een verdomd aardige vent. Dat kunt u van mij aannemen. Een van de prettigste kerels van het dispuut. Ik persoonlijk mocht hem erg graag. Ik beschouwde hem als mijn vriend.'
'Uw vriend?'
'Ja, mijn vriend. En ik ben er trots op dat ik hem mijn vriend mocht noemen.'
Vledder knikte. 'U was zijn vriend. Had hij vijanden?'
Shepherd grijnsde. 'Wie? Alex?' Hij schudde heftig het hoofd. 'Nee... Alex niet. Ik zei u toch al... hij was een beminnelijke vent. Iedereen mocht hem graag. En terecht, naar ik meen. Hij was opgeruimd, vrolijk, intelligent... ja bijzonder intelligent. En altijd vriendelijk, behulpzaam. Niemand deed ooit tevergeefs een beroep op hem. Daarom... het is eenvoudig niet denkbaar dat iemand...' Hij hield even in, peinzend. 'Kijk,' vervolgde hij traag, 'als... als het zelfmoord was... als u mij had gezegd dat Alex Delszsen zichzelf van het leven had beroofd, dan had ik er tenminste iets van kunnen begrijpen.' Hij trok een bedenkelijk gezicht. 'Maar moord... nee.'
Vledder keek hem onderzoekend aan. 'Dat is mij niet duidelijk,' reageerde hij aarzelend. 'Waarom geen moord en wel zelfmoord?'
Shepherd plukte neveus aan een haarpiek. 'Het is wat moeilijk uit te leggen. Ziet u... het studentenwereldje heeft een eigen sfeer. Eenieder is voortdurend bezig een ander duidelijk te maken wat hij denkt, voelt, ervaart. U weet dat misschien niet zo, maar onder studenten wordt nogal wat afgekletst... hele disputen, meest tot diep in de nacht.' Hij zweeg even. Om zijn dunne lippen gleed een glimlach. 'Alex hield daarvan. Hij was een uitstekend *debater*. Hij deed altijd hartstochtelijk mee. Fel, energiek. Vooral de laatste tijd, toen er nogal dikwijls over...' Hij stokte plotseling, maakte zijn zin niet af.
Vledder fronste zijn wenkbrauwen. 'Wat... wat wilde u zeggen?'
Emanuel Archibald Shepherd grinnikte wat schaapachtig. 'Nu ik erover nadenk... *moord* was de laatste tijd dikwijls het onderwerp van ons dispuut.'

De student wreef met de toppen van zijn vingers over zijn hoge voorhoofd. Het was een wat typisch gebaar, dat hij vaak maakte. Onbewust. Vooral wanneer hij nadacht, wanneer hij zijn woorden overwoog, leken die traag tastende vingertoppen boven zijn blonde wenkbrauwen een motorische begeleiding van zijn denken. 'Vreemd,' ging hij peinzend verder, 'zelfs op de avond voor Alex' dood werd door ons over moord gesproken.'
Shepherd stond langzaam op. Hij trok zijn schouders naar voren, scheen te huiveren. Over zijn vale wangen trilde een zenuwtrek. 'Het krijgt,' zei hij hijgend, 'een bijna luguber aspect.'
Vledder keek hem gespannen aan. 'Hoe bedoelt u?'
Shepherd antwoordde niet direct. Hij liep naar het raam en bleef daar staan. Zijn silhouet tekende zich donker af tegen een strook blauw tussen de bomen op de gracht. Zijn gezicht lag in de schaduw. 'Het... eh, het was nogal heftig... ongewoon. Vooral Kluffert en Delszsen hadden het die avond met elkaar aan de stok. Ernst Kluffert kon zich absoluut niet verenigen met de stellingen van Delszsen, die zelfmoord verdedigde.'
Vledder keek verwonderd op. 'Verdedigde Alex Delszsen zelfmoord? Het dispuut ging toch over moord?'
Shepherd knikte. 'Inderdaad, maar zelfmoord is uiteindelijk ook een vorm van moord. Het onderwerp viel dus niet buiten de orde. Delszsen, die het debat leidde, had het overigens zelf ter sprake gebracht.'
'Hoe?'
De student maakte een wrevelig gebaar. 'Alex lokte het uit. Hij verkondigde de stelling dat suïcide, zelfmoord, onder bepaalde omstandigheden moreel aanvaardbaar was en niet in strijd met de algemene normen. Hij ging zelfs zover om suïcide een daad van zedelijke moed te noemen.'
Vledder schoof zijn onderlip naar voren. 'Een boude bewering.'
Shepherd glimlachte fijntjes. 'Ja... en als ik u dan zeg dat Ernst Kluffert uit een streng godsdienstig milieu stamt... dan begrijpt u dat hij de stellingen van Delszsen onmogelijk kon accepteren. Het ging lijnrecht tegen zijn karakter, zijn wezen in. Hij handhaafde en verdedigde het katholieke standpunt: zelfmoord is een doodzonde, waarvoor geen vergeving mogelijk is. Kluffert

bestreed Delszsen fel, furieus, met een fanatieke, bijna christelijke onverdraagzaamheid.'
Vledder fronste. '*Christelijke* onverdraagzaamheid?'
'Hebt u,' vroeg Shepherd zacht spottend, 'nooit van inquisitie gehoord? Vervolgingen, brandstapels?'
Vledder knikte traag. Het was zijn enige reactie. Hij voelde weinig voor een godsdienstige discussie met de vlot formulerende student. Daar was hij tenslotte niet voor gekomen. Hij zocht slechts klaarheid in een duistere gifmoord. 'U sprak over Kluffert.'
Shepherd grijnsde. 'O ja, de brave... hij liep paars aan en tintelde van ingehouden woede, toen Delszsen aan het eind van een, ik moet zeggen, meesterlijk betoog de dood verhief tot niets meer of minder dan *'s mans beste vriend.*'
'Wat?'
Shepherd knikte met een ernstig gezicht. 'In zijn verdediging van zelfmoord hield Delszsen een pleidooi voor de dood.'
Vledder keek de student ongelovig aan. 'Een pleidooi voor de dood?'
Shepherd drukte zijn hoofd tegen een raamstijl. Zijn adem bewasemde de ruit. 'Het was heel indrukwekkend,' zei hij traag. 'Beklemmend. Jammer... u had erbij moeten zijn. Het was Delszsen op zijn best. *Wordt het leven u te zwaar...* zo declameerde hij met zijn welluidende basstem, *ga naar hem die alle pijnen stilt. Zijt gij vermoeid en belast, ga tot hem die u eeuwige rust biedt. Waarom zoekt ge vruchteloos naar vrede? Het leven zal het u niet schenken. Waarom zult ge u nog langer kwellen? Ontvlucht toch die afschuwelijke dreiging van de atoombom. Waarom blijft ge nog als een dwaas op deze woelige aarde dolen? Hier vindt ge slechts strijd, verdriet, onzekerheid. Geloof me, slechts hij geeft u vrede... vergetelheid... hij, de dood... 's mans beste vriend. En zó nabij.*'
Er viel een stilte. De woorden van de student zweefden door het kamertje, echoden wat na tegen de wanden. Ze hadden Vledder verward.
'Dat... eh,' stamelde hij onzeker, 'was... eh, was nogal macaber. Ik had het nog nooit gehoord... zo'n verheerlijking van de dood.

Het is gewoon gruwelijk.' Hij grinnikte zacht, vreugdeloos. 'En het vreemde is, het klinkt nog overtuigend.'
Shepherd knikte heftig. 'Overtuigend... precies. Dat was het. Dat is het juiste woord. Het klonk overtuigend toen... die avond... die avond voordat Alex stierf.' Hij zuchtte diep. 'Het klonk zo overtuigend, dat wij allen in het dispuut er een beetje stil van waren. Onder de indruk. Zelfs Ernst Kluffert zweeg. Er hing een beklemmende sfeer. Ongewoon. Er was iets. Iedereen voelde dat. Het leek alsof Delszsen meende wat hij had gezegd, alsof hij een pleidooi had gehouden, niet alleen voor zijn vriend de dood, maar ook voor zichzelf.'
Een tijdlang spraken zij niet. Vledder beet zachtjes op zijn onderlip. Hij dacht over de woorden na, trachtte zich voor te stellen hoe Delszsen te midden van de studenten had georeerd over de dood... en zo nabij. 'Ik begrijp u,' zei hij na een poosje. 'Ik begrijp volkomen wat u bedoelt. Het leek u alsof Alex Delszsen toen reeds zijn plan tot zelfmoord had beraamd en zich bij voorbaat verontschuldigde.'
Shepherd knikte traag. 'Ja,' verzuchtte hij, 'zo ongeveer.' Hij trok zijn gezicht in een mistroostige plooi en haalde gebarend zijn schouders op. 'Het is natuurlijk moeilijk om met enige zekerheid te zeggen dat het inderdaad zo was, maar gezien in het licht van hetgeen volgde... ik bedoel zijn plotselinge dood, reeds de volgende dag...' hij aarzelde even, 'u moet toegeven... het frappeert. Nietwaar?'
De jonge Vledder knikte begrijpend. 'Het frappeert,' herhaalde hij zacht. Zijn gedachten speelden met de mogelijkheden. Zelfmoord was niet uitgesloten. Zeker niet. Zelfmoord was onder de gegeven omstandigheden zelfs aannemelijker dan moord.
Emanuel Archibald Shepherd kwam bij het raam vandaan. Zijn gezicht gleed uit de schaduw. Hij liep langzaam achter Vledder om en ging op de rand van zijn bed zitten. De scherpe trekken van zijn gelaat waren nu duidelijk te onderscheiden, de weke spitse kin, de smalle neus met de brede neusvleugels, de diep weggezonken fletsblauwe ogen. Hij liet het hoofd iets zakken. 'Arme Alex,' verzuchtte hij, 'arme, arme Alex... mijn vriend.'

Het klonk droevig en in zijn ogen glansden tranen. 'Wie had dat ooit kunnen denken? Het is toch verschrikkelijk...' Hij maakte een hulpeloos gebaar. 'Het is meer dan verschrikkelijk dat zonder dat je iets merkt... iemand uit je naaste omgeving zo in zielennood kan verkeren, dat hij tot het uiterste bereid blijkt.'
Vledder kwam uit zijn stoel overeind. 'Ja,' beaamde hij, 'u hebt gelijk, dat is verschrikkelijk.' Hij keek vanuit de hoogte op student Shepherd neer. Een gebogen hoofd. Een warrige kruin.
Een tijdje stond Vledder besluiteloos. Hij bepeinsde wat zijn leermeester De Cock in deze omstandigheden nog gevraagd of gezegd zou hebben. De oude rot had aan het eind altijd nog wat in petto... een vriendelijke nekslag, die tot nadenken stemde.
Er viel Vledder niets in. Hij draaide zich om, mompelde een groet en verliet het kamertje. Het ging nogal schielijk, abrupt. Buiten op de gang botste hij tegen een jongeman die kennelijk aan de deur van Shepherd had staan luisteren. Het was Ernst Kluffert.

7

De Cock chauffeerde zijn oude wagentje over het Rokin, passeerde de verkeerslichten op de Dam en reed via het Damrak naar de Prins Hendrikkade. Het was even over negenen. De grote drukte van de morgenspits was voorbij. Het was vrij rustig op de weg. Ze gleden langs de oude Schreierstoren en het imposante Scheepvaarthuis op de hoek van de Binnenkant.
De Cock hield scherp links en verhoogde de snelheid van zijn wagentje. De lichten voor de ingang van de IJtunnel waren groen. Op de verkeersheuvel stonden lifters met bordjes van bestemming. 'Hoorn,' las De Cock, 'Harlingen, Leeuwarden.' De bordjes trokken in een flits aan hem voorbij. Plotseling, haast midden in de bocht, stopte hij. Het gebeurde zo schielijk, dat de boxer van de achterbank schoof en mevrouw De Cock bijna met haar hoofd tegen de voorruit bonsde.
'Wat is er?' vroeg ze verschrikt. 'Barsingerhorn,' riep De Cock.
'Wat Barsingerhorn?'
De Cock draaide zich half om. 'Een lifter. Heb je hem niet gezien? Een lifter met een bordje Barsingerhorn.'
Ze keek hem niet-begrijpend aan. 'Je wilt toch niemand meenemen? Je neemt nooit lifters mee.'
De Cock glimlachte. 'Deze,' zei hij vaag, 'deze wel.' Hij stapte uit en trok de rugleuning van zijn stoel uitnodigend naar voren. Een vijftal lifters kwam aanrennen.
'Barsingerhorn,' riep De Cock.
Vier hielden hun pas in en dropen af. Een jongeman in een donkere slobbertrui en een blauwe spijkerbroek met rafelige pijpen kwam naderbij. Hij had een dun, vlasachtig baardje, waarin de lijnen van een weke kin zichtbaar bleven. Achter een lichtmetalen brilletje glinsterden blauwe ogen. Ze waren ongewoon helder en namen De Cock nauwkeurig op. 'U hebt plaats?'
De Cock wuifde. 'Naast de hond... als u geen bezwaar hebt.'

De jongeman schudde het hoofd. 'Geen enkel. Honden zijn vaak zeer onderhoudend.'
'Waar is uw bagage?'
De jongeman wees op een linnen tas die over zijn schouder hing. 'Dat is alles.' Hij stapte in, glimlachte. 'Verder heb ik nog wat geestelijke ballast. Maar daar hebt u geen hinder van.'
De Cock reageerde niet. Hij klapte de leuning terug, ging achter het stuur zitten en trok het wagentje de tunnel in. De boxer op de achterbank legde ter kennismaking een zware hondenpoot op de blauwe spijkerbroek. De jongeman schoof iets weg.
Een tijdlang spraken ze niet. Mevrouw De Cock staarde wat stug voor zich uit. Ze was niet zo erg op het gezelschap van vreemden gesteld. Het maakte haar onrustig, ondermijnde haar zelfvertrouwen.
Bij het Schouw sloeg De Cock linksaf en reed langs het kanaal in de richting van Purmerend. De smalle weg vergde al zijn aandacht. Soms keek hij via de achteruitkijkspiegel naar de lifter. Hij vroeg zich af wanneer de jongeman het offensief zou openen.
Ze hadden Midden-Beemster al ver achter zich liggen toen de jonge lifter zich iets naar voren boog. 'Het is bijzonder vriendelijk van u mij mee te nemen,' zei hij met zachte stem.
De Cock snoof. 'Ik neem nooit lifters mee,' reageerde hij bruusk.
De jongeman plooide zijn gezicht in verbazing. 'Waarom nam u mij dan wel mee?'
De Cock grinnikte voor zich uit. 'Omdat u naar Barsingerhorn moet.' Hij draaide zich half om naar zijn nieuwe medepassagier. 'U moet toch naar Barsingerhorn?'
'Het stond op mijn bordje.'
De Cock knikte. 'Het stond op uw bordje,' herhaalde hij traag, grijnzend. 'Juist... en dat is de reden waarom ik het niet geloof. Ik vraag mij zelfs af of u wel weet waar Barsingerhorn precies ligt.'
De jongeman fronste zijn wenkbrauwen. 'Ik begrijp u niet.'
De Cock gebaarde. 'Als u werkelijk naar Barsingerhorn wilde, dan had u geen *Barsingerhorn* op uw bordje gezet, maar de naam van de dichtstbijzijnde stad... Schagen of Alkmaar. Want,

nietwaar, wie kent Barsingerhorn... een gehucht van nog geen tweeduizend zielen?' Hij pauzeerde even, ademde diep. 'Ik zal u eens wat zeggen, jongeman, u gokte op mijn nieuwsgierigheid. Iemand heeft u verteld dat ik naar Barsingerhorn ging.'
De jongeman zakte op de bank terug. 'Inderdaad, het bordje was een truc om u te laten stoppen. U hebt mij snel doorzien.' Om zijn lippen speelde een glimlach. 'Ik had van een speurder van uw reputatie ook niet veel anders verwacht.'
Mevrouw De Cock draaide zich met een ruk om. 'U kent mijn man?'
De jongeman zuchtte. 'De Cock... met ceeooceekaa, rechercheur van het aloude politiebureau aan de Amsterdamse Warmoesstraat... triomfator in vele moordzaken.' Hij aarzelde even, hield het hoofd iets schuin. 'Maar nu op de vlucht.'
'Op de vlucht?'
De jongeman knikte overtuigend. 'Op de vlucht voor een mislukking.'
Het gezicht van mevrouw De Cock kleurde rood.
'Mijn man is niet op de vlucht,' reageerde ze fel. 'Voor niets en voor niemand. Hij heeft vrijwillig plaatsgemaakt voor Vledder, een jonge rechercheur die een kans verdient.'
De jongeman grijnsde. 'Het klinkt heel nobel, maar het is een excuus... een verguld excuus. De waarheid is, dat uw man het niet aandurft. Hij is bang voor de intelligentie van een paar jonge studenten.' Mevrouw De Cock verstarde zichtbaar. Haar lichtgroene ogen schoten vuur. 'U... eh, u...' ze stotterde van woede. 'U begrijpt er niets van. Mijn man...'
De Cock legde geruststellend een hand op haar knie. 'Wind je niet op, liefste,' zei hij zacht, dwingend. 'Onze jonge vriend meent het niet ernstig. Het is een nieuw psychologisch grapje.' Hij blikte schuin over zijn schouder. 'Zo is het toch, meneer...eh...'
De jongeman boog. 'Van der Duijn... Roelof Hans van der Duijn.'
De Cock knikte. 'Juist... Van der Duijn. Na zijn glorieus optreden als lifter naar Barsingerhorn, is dit de tweede, provocerende akte... ik zou haast zeggen... een bijna logisch vervolg.' Hij verminderde snelheid, reed naar de kant en stopte.

Ze waren op een lange, rechte, eenzame polderweg. In de verte schemerden de contouren van een dorp. De Cock draaide het contact af. Op zijn gezicht vol diepe plooien speelde een glimlach. 'Duidelijkheid,' zei hij vriendelijk, 'is een roep van de jeugd. Als u mij eens, ontdaan van alle franje, vertelde wat u op het hart hebt.'
Van der Duijn keek De Cock vanachter zijn brilletje strak aan. 'Ik wil dat u onmiddellijk naar Amsterdam teruggaat om de zaak Delszsen te behandelen.'
'Waarom?'
De jongeman zuchtte. 'Omdat zijn moordenaar gevonden moet worden.' Hij kwam weer naar voren geleund. 'U bent de enige, meneer De Cock, de enige, die kans maakt de moordenaar van Alex Delszsen te ontmaskeren.' Hij sprak gejaagd, nerveus. 'Toen ik hoorde dat u een paar dagen met vakantie ging en de zaak aan rechercheur Vledder was overgedragen, heb ik onmiddellijk geprobeerd u te bereiken. Iemand zei mij dat u naar Barsingerhorn ging.'
'Toen werd u lifter met een bordje.'
Van der Duijn knikte traag. 'Begrijp me goed, meneer De Cock, ik twijfel niet aan de capaciteiten van die rechercheur Vledder. Zeker niet. Maar dit is geen gewone zaak...'
De Cock schudde het hoofd. 'Geen enkele moord is *gewoon*.'
Op de bleke wangen van Van der Duijn kwamen blosjes. 'U weet best wat ik bedoel,' riep hij hartstochtelijk. 'De moord op Alex Delszsen vergt meer dan een routineonderzoek. Het is geen zaak van *open and shut**.' Hij nam zijn metalen brilletje af, veegde de glazen schoon. 'De gebruikelijke motieven gelden niet.'

De Cock keek hem ongelovig aan. 'Geen liefde, haat, afgunst, jaloezie?'
Roelof Hans van der Duijn schudde heftig het hoofd. 'Geen hartstocht, geen emotie.'

* *Open and shut* (open en dicht) Amerikaanse politie-uitdrukking voor een zaak die direct al naar de oplossing voert.

De Cock trok zijn wenkbrauwen op. 'Een emotieloze moord?'
'Precies, een emotieloze moord... koel, kil en zonder een herkenbaar motief.'
De Cock schoof zijn onderlip naar voren. 'U bent goed op de hoogte. Bijzonder goed. Ik zou haast zeggen... bijna zo goed als de moordenaar.'
Het gezicht van Van der Duijn verstarde. 'U trekt een verkeerde conclusie,' reageerde hij scherp. 'Ik heb Alex Delszsen niet vermoord. Alex... Alex was mijn vriend.'
Er viel een stilte. De Cock draaide zich langzaam om, staarde door de voorruit naar een eend die met zeven jongen in haar kielzog de weg overstak. Het beeld ontroerde hem een beetje. 'Alex Delszsen werd vergiftigd,' zei hij dof. 'Hij moet zijn moordenaar hebben vertrouwd.'
'U bedoelt te zeggen dat het niet eenvoudig is iemand vergif toe te dienen.'
De Cock zuchtte. 'Onder vrienden is het niet moeilijk.'
De ogen van Van der Duijn werden groot. Zijn neusvleugels trilden. Hij greep De Cock bij de schouder en trok hem ruw naar zich toe. 'Ik heb Alex Delszsen niet vermoord.' Hij schreeuwde wild, onbeheerst. 'Dacht u dat ik anders u zou vragen de zaak te behandelen? Ik ben toch niet gek.'
De Cock duwde de hand van zijn schouder. 'Sommige moordenaars lijden aan overschatting,' antwoordde hij kalm. 'Ze geloven rotsvast in hun eigen onfeilbaarheid. Er zijn er ook die dolgraag ontdekt willen worden.' Hij plooide zijn lippen tot een koele glimlach. 'Meneer Van der Duijn... tot welke categorie behoort u?'
De jongeman werd bleek. Het rood van de opwinding trok uit zijn gezicht. Vermoeid zakte hij op de achterbank terug. 'Ik behoor niet tot uw categorieën,' zei hij zacht, bijna fluisterend. 'U vergist zich.' Hij likte aan zijn droge lippen. 'Ik ben lid van het dispuut,' vervolgde hij.
'Hora ruit?'
'Ja, *Hora ruit*. Ik heb een kamertje op zolder. Niet zo comfortabel, maar ik kan het ermee doen.' Hij zweeg even, verzonk in gedachten. 'Uitgaande van de mogelijkheden,' ging hij verder,

'ben ik een redelijke verdachte... in zoverre hebt u gelijk. Ik zou de moordenaar van Alex Delszsen kunnen zijn. Ik ben dikwijls in de gelegenheid geweest hem te vergiftigen. Ik realiseer mij dat.' Hij schonk De Cock een matte glimlach. 'Ik studeer criminologie. Misdaad interesseert mij.'
'Vandaar uw analyse van de motieven.'
Van der Duijn knikte. 'En mijn beroep op u. Ik ken uw reputatie. Ik hoopte dat u de zaak zou behandelen. Ziet u, ik heb de moord op Alex Delszsen al maandenlang zien aankomen. Ik wist dat het zou gebeuren. Vraag mij niet naar concrete aanwijzingen of feiten. Ik heb ze niet. Het was niet meer dan een gevoel... een vreemd onberedeneerd gevoel. U mag het ook intuïtie noemen. Ik heb het er wel eens met Alex over gehad.'
De Cock keek hem verbaasd aan. 'Over zijn moord?'
'Ja, over mijn gevoel.'
'En... hoe reageerde hij?'
'Alex lachte. Hij vond het een zotte gedachte. Als helderziende, zei hij, zou ik geen droog stuk brood verdienen. Je moet de mensen altijd iets prettigs voorspellen.'
'Voor Alex was het dus een absurd idee dat iemand hem naar het leven stond.'
Van der Duijn knikte traag. 'Toen ik aandrong en hem zei dat mijn gevoel heel wezenlijk was en dat ik die moordgedachte niet van mij kon afschudden, zei hij: "Noem eens iemand... noem mijn moordenaar."'
'En?'
'Wat?'
'Heb je zijn moordenaar genoemd?'
Roelof Hans van der Duijn liet zijn hoofd iets zakken. 'Men mag geen ongemotiveerde beschuldigingen uiten.'
De Cock klemde zijn lippen op elkaar. 'Je joeg Delszsen wel de stuipen op het lijf met je onheilsverwachtingen.'
Van der Duijn reageerde fel. 'Alex was mijn vriend. Ik wilde hem waarschuwen. Ik wilde hem laten zien wat ik zag. Al die mensen om hem heen, die hem adoreerden, bewonderden, maar die in feite vervuld waren van...'
De Cock keek hem aan, het hoofd wat schuin. 'Haat... afgunst?'

De jonge student sloeg beide handen voor het gezicht. 'Nee... dat is het niet.' Hij schreeuwde opnieuw. 'O God, hoe maak ik het u duidelijk. Alex Delszsen vormde door zijn intelligentie, zijn superioriteit, zijn bijzondere begaafdheden, voor de anderen in het dispuut een bedreiging. Begrijp me goed... geen bedreiging in de gebruikelijke zin van het woord, maar...' Hij stokte, schudde vertwijfeld het hoofd. 'Alex Delszsen domineerde... hij domineerde zo sterk, dat er voor de anderen in het dispuut geen plaats was... ze verloren zichzelf... hun identiteit... hun persoonlijkheid.'
'En u?'
Van der Duijn slikte. 'Ik was blij met mijn zolderkamertje.'
Een tijdlang zwegen ze. Een donkere wolk joeg over de weilanden naar hen toe. De eerste druppels vielen. De Cock worstelde met zichzelf, overwoog de zaak Delszsen weer op te nemen. Plotseling startte hij de motor en reed weg.
'U gaat terug?'
De grijze speurder schudde het hoofd. 'Ik breng u naar het stationnetje in Heerhugowaard. Vandaar hebt u een rechtstreekse verbinding naar Amsterdam. Ik neem aan dat u genoeg geld bij u hebt?'
'Dat heb ik.'
'Zoek in Amsterdam contact met mijn collega Vledder. Geloof me, hij is een bekwaam man.'
Van der Duijn zuchtte. 'Ik kan u niet tot andere gedachten brengen?'
'Nee.'
De jonge student klemde zijn lippen opeen. 'Dan zal ik zelf de moordenaar van Alex vinden.'
Het klonk als een uitdaging.
De Cock knikte voor zich uit. Traag. Zijn gezicht was een effen masker. 'Het staat eenieder vrij het recht te dienen.'

8

Ze reden weg. Mevrouw De Cock draaide zich half om, keek naar de steeds kleiner wordende gestalte bij de ingang van het station.

'Een vreemde jongen,' zei ze wat afwezig.

De Cock keek haar van opzij aan. 'Die Van der Duijn?'

'Ja... merkwaardig. Waarom wil hij per se dat jij de zaak behandelt?'

De Cock trok zijn schouders op. 'Misschien voelt hij zich schuldig.'

'Aan de moord?'

De Cock knikte. 'Min of meer.'

Ze keek hem wat verward aan. 'Ik begrijp je niet.'

Er gleed een sombere trek over het gezicht van de oude speurder. 'Er worden in gedachten heel wat moorden gepleegd. Gelukkig zijn er maar weinigen die buiten hun gedachtewereldje stappen en tot daden komen.' Hij zweeg even, kauwde peinzend op zijn onderlip. 'Ik denk zo, dat er in het verleden wel eens momenten zijn geweest dat Van der Duijn zijn vriend naar het leven stond... dat de gedachten aan moord hem niet vreemd waren.'

Mevrouw De Cock knikte begrijpend. 'En nu Alex Delszsen werkelijk is vermoord, voelt hij zich bezwaard, knaagt zijn geweten en wil hij dat de moordenaar gestraft wordt.'

De Cock schoof zijn oude hoedje achter op het hoofd. 'Zo is het wel, ongeveer. En zo zullen er wel meer zijn. Het dispuut aan de Brouwersgracht lijkt mij een vat vol spanningen. Ik hoop...'

Mevrouw De Cock gebaarde plotseling heftig. 'Je gaat verkeerd.'

'Wat?'

'Barsingerhorn... je moet hier rechtsaf.'

Vledder nam zijn notitieboek. 'Johan van Gelder.'

'Ja.'

‘U woont op de bel-etage?’
‘Inderdaad. Samen met Haverman.’
‘U studeert...?’
‘Biologie.’
‘U hebt Delszsen goed gekend?’
‘Zeker, heel goed.’
‘U weet dat hij is vermoord?’
Van Gelder schonk de jonge rechercheur een neerbuigend, haast medelijdend lachje. ‘Delszsen is heengegaan... heb ik gehoord.’
Vledder keek de student onderzoekend aan. ‘U gelooft niet aan moord?’
Van Gelder schudde het hoofd. ‘Wie zou het gedaan moeten hebben?’ vroeg hij ongelovig. ‘Iemand van het dispuut?’
‘Misschien.’
‘Wij zijn beschaafde mensen.’
Vledder grijnsde. ‘Dat is geen garantie.’
De student gebaarde wat ongeduldig. ‘U weet best wat ik bedoel. Natuurlijk waren er wel eens twistpunten. In welke gemeenschap vind je die niet? Maar moord... nee... ondenkbaar.’
Vledder keek naar de student op, beschouwde de wat hoekige gestalte, het steile blonde haar, de spiedende ogen achter een hoornen bril met dikke glazen. ‘Delszsen stierf door parathion.’
Van Gelder knikte traag. ‘Een insecticide,’ zei hij toonloos. ‘Echt iets voor Alex om parathion te gebruiken.’
Vledder keek de student verwonderd aan.
‘U denkt dat Alex Delszsen de parathion zelf heeft ingenomen?’
Van Gelder knikte heftig. ‘Natuurlijk... Alex pleegde zelfmoord... dat is nogal duidelijk, dacht ik.’
‘Hoezo?’
Van Gelder zuchtte en liet zich in een fauteuil zakken. ‘Alex Delszsen was een verklaard tegenstander van het gebruik van insecticiden. Hij was... met mij en vele anderen... van mening dat de mens door het overmatig gebruik van insectendodende middelen het evenwicht in de natuur heeft verstoord... dat wij het milieu hebben vervuild, vergiftigd... dat wij hard op weg zijn onszelf te vernietigen. Begrijpt u, de zelfmoord van Alex Delszsen door middel van parathion had een symbolische betekenis.’

Vledder fronste zijn wenkbrauwen. 'U wilt mij doen geloven,' zei hij met een ondertoon van sarcasme, 'dat Alex Delszsen uit idealistische... ethische overwegingen zelfmoord pleegde?'
Van Gelder reageerde fel. Hij boog zich naar voren. Zijn ogen schitterden. 'Precies. Delszsen was een man van de daad. Hij verafschuwde de almaar pratende politici. Delszsen streed daadwerkelijk voor een betere wereld... een biosfeer, waarin mens, dier en plant harmonisch zouden existeren. Alex Delszsen geloofde daar in.' De student keek op. 'Is het gek om voor zo'n ideaal te sterven?'
Vledder streek met zijn hand over zijn gezicht. De emotioneel debatterende student had hem wat overdonderd.
'Het effect was maar klein,' zei hij zacht. 'Delszsen stierf eenzaam en alleen in een duistere dronkemanscel. Weinig heroïsch.'
Johan van Gelder knikte. 'Dat is inderdaad triest,' zei hij met een zucht, 'maar wij, jongeren, wij die weten waarom hij stierf, zullen zijn denkbeelden uitdragen. Alex Delszsen gaf zijn leven niet voor niets.' Het klonk wat hol, hoogdravend.
Vledder keek naar Van Gelder op, peinzend, onderzoekend. Zijn blik tastte zijn gelaatstrekken af. Hij vroeg zich af of hij schertste, of alles wat de jonge bioloog hem gezegd had, een wrange grap was. Langzaam stond hij op, klapte zijn notitieboek dicht en verliet de kamer. Hij vergat te groeten.

Bruingebrand, de gloed van de zon op zijn huid, de warmte in zijn hart, stapte De Cock na vijf volle dagen visgenot weer opgewekt de recherchekamer van het aloude politiebureau aan de Warmoesstraat binnen. De korte vakantie had hem goed gedaan. Het was hem aan te zien. Hij straalde het uit.
Luid en uitbundig begroette hij zijn vrienden-collega-speurders en noemde de dikke Berendsen de grootste leugenaar aller tijden... een vetvlek op het maagdelijk blazoen van het Amsterdamse recherchecorps. 'Snoeken in de rij,' snoof hij smalend, 'volgnummertjes. Ik heb geen snoek gezien. In die vieze gore prutsloot van jou zàten alleen kikkers... vieze, dikke, opgeblazen kikkers met grote brede kikkerbekken. Anders niet!' Hij pauzeerde even, zachtjes grijnzend. 'Jij moet mij nog eens een

visstekkie recommanderen, nou... dan weet ik tenminste waar ik mijn hengeltje *niet* moet uitgooien.'
Berendsen schudde lachend het hoofd. 'Je kan er niks van, De Cock. Dat is het. Je mag dan als rechercheur bij de gratie van de mazzel zo nu en dan nog eens een onnozel mannetje vangen, zo'n piepeltje, dat nog van geen toeten of blazen weet, maar van vissen, echt vissen... nee het spijt me, daar heb je geen verstajes van.' Hij trok zijn gezicht in een meewarige plooi. 'Als jij op mijn stekkie... mijn bloedeigen stekkie... waar het waarachtig zo vol is, dat de snoeken daar al jarenlang met huisvestingsmoeilijkheden kampen, nog niet eens in staat bent om...'
De Cock stak afwerend beide handen omhoog. Als de dikke Berendsen overschakelde op visserslatijn, was hij voorlopig niet uitgesproken. 'Ho... ho,' riep hij breed lachend, 'bewaar me asjeblieft de rest voor morgen. Vertel me liever waar ik de jonge Vledder kan vinden. Ik ben benieuwd hoe hij het maakt. Heeft hij de dader al?'
De uitdrukking op het gezicht van Berendsen versomberde. 'Ik ben bang dat het niet goed gaat.'
De Cock keek hem onderzoekend aan. 'Hoezo?'
Berendsen haalde wat wrevelig zijn schouders op.
'Je ziet het, hè. Die jongen loopt rond met een gezicht van een duizendpoot met platvoeten. Begrijp je? Er kan geen lachie af. Voor mij is dat een slecht teken. Je moet bij ons werk je goede humeur niet verliezen. Zo is het toch?'
De Cock knikte instemmend.
Berendsen zuchtte. 'Hij laat zich ook niet raden. Ik ben van de week al een paar keer naar hem toegegaan en heb hem gevraagd of ik hem misschien ergens mee kon helpen.'
'En.'
'Hij keek mij eerst aan of ik een spookverschijning was en snauwde toen dat hij het alleen wel afkon. Wel, wat doe je dan?'
De Cock plukte aan zijn onderlip. 'Ik zal eens met hem gaan praten,' zei hij ernstig. 'Waar kan ik hem vinden?'
Berendsen gebaarde. 'Hij zit daar moederziel alleen in het verhoorkamertje. Gisteren ook al. Ik geloof dat hij bezig is met een proces-verbaal of rapport. Zo nu en dan hoor je hem tikken.'

'Bedankt.'
Half slenterend, de handen in zijn broekzak, sjokte De Cock naar het kleine verhoorkamertje. Het deed hem een beetje pijn dat zijn beste leerling bij zijn eerste optreden als zelfstandig rechercheur blijkbaar al in moeilijkheden was geraakt. Hij begreep hoe de jonge Vledder zich moest voelen. Hij was zelf ook niet zonder slag of stoot 'ervaren' geworden. Bij de deur van het kamertje bleef hij staan en luisterde. Binnen klonk het geratel van een schrijfmachine. Met een ruk trok hij de deur open en stapte binnen. Zijn brede gezicht in een vriendelijke plooi. 'Zo,' riep hij opgewekt, 'hoe is het?'
De vingers van de jonge rechercheur schenen op de toetsen te verkrampen. Het tikken hield op. Traag gleed zijn blik omhoog en ontmoette het hem zo vertrouwde gezicht van De Cock. Ineens, in een flits, besefte hij hoe diep de genegenheid was die hij voor zijn oude leermeester koesterde. Langzaam verhelderde de sombere uitdrukking op zijn gezicht. Het zonlicht van een glimlach brak door. Het ging gepaard met een zoete zucht.
'Ik ben zo blij dat ik je weer zie, De Cock, geloof me, ik ben zo blij dat ik je weer zie.'
Het klonk verdraaid oprecht.

9

‘En wie heeft je dat sprookje verteld?’

Vledder reageerde fel. ‘Het is geen sprookje,’ riep hij verontwaardigd. ‘Bijna alle leden van het dispuut zijn ervan overtuigd dat Alex Delszsen zelfmoord pleegde.’

‘Waarom?’

Vledder gebaarde voor zich uit. ‘Omdat... omdat student Delszsen het plegen van zelfmoord onder bepaalde omstandigheden aanvaardbaar achtte. Hij heeft dat ettelijke malen beweerd. Openlijk. Bovendien verheerlijkte Delszsen de dood.’

De Cock trok zijn gezicht in een grimas. ‘Er zijn mensen die vurig naar de hemel verlangen. Maar dat betekent nog niet dat ze willen sterven.’ Hij keek de jonge rechercheur een tijdje onderzoekend aan. ‘Maar heb je iets? Iets concreets. Ik bedoel, zijn er omstandigheden die duidelijk in de richting van zelfmoord wijzen?’

Vledder schudde traag het hoofd. ‘Die zijn er niet. Maar er zijn ook geen omstandigheden die wijzen in de richting van een moord. Er is geen herkenbaar motief. Niemand had belang bij de dood van vriend Delszsen.’

De Cock grinnikte. ‘Geen motief voor moord... dus zelfmoord.’ Zijn woorden hadden een ondertoon van spot.

Vledder trok zijn schouders op, spreidde zijn armen in een hulpeloos gebaar.

‘Wat moet ik doen?’ riep hij wanhopig. ‘Ik ben al bezig mijn proces-verbaal in die richting op te bouwen.’

De Cock stak een sigaret op en inhaleerde diep. ‘Geloof jij,’ zei hij langzaam, ‘geloof jij echt dat Alex Delszsen zelfmoord pleegde?’

Er verscheen een pijnlijke trek op het gezicht van Vledder. ‘Nee,’ zei hij wrevelig, ‘ik... ik persoonlijk, ik geloof niet in zelfmoord. Ik geloof er helemaal niet in. Dat is nu juist het ellendige. Ik heb er de hele week over lopen piekeren. Ik kom er niet uit. Ik kom er gewoon niet uit. Ik kan niets vinden. Het is allemaal zo verward, zo onlogisch. Het past niet... noch het een, noch het ander.'

'Wat zeggen de studenten?'

Vledder zuchtte. 'De studenten van het dispuut willen van moord niets weten. Het is voor hen volkomen onaanvaardbaar. Moord wijzen ze verontwaardigd van de hand. Alleen een zelfmoord lijkt hun acceptabel. De student Van Gelder denkt zelfs aan een zelfmoord uit idealistische overwegingen... zoiets als de zelfverbranding van een boeddhistische monnik. In de dood door parathion ziet hij een symbolische daad... een protest tegen het gebruik van insecticiden.'

'Heb je het vergif gevonden?'

'Nee.'

De Cock keek verwonderd op. 'Je hebt *geen* vergif gevonden?' vroeg hij.

Vledder schudde het hoofd. 'Ik heb met een paar collega's het hele huis ondersteboven gehaald. Grondig, geloof me. Maar er is geen parathion of enig ander vergif tevoorschijn gekomen. Niemand van het dispuut weet ook iets van vergif af. En toch moet Delszsen het gif in het huis aan de Brouwersgracht hebben ingekregen.'

'Is dat zeker?'

Vledder knikte overtuigend. 'Vrijwel. Ik heb nog eens met doctorandus Eskes gebeld. Volgens hem kwam het gif niet langer dan vierentwintig uur voor de dood van Delszsen in zijn lichaam. Dat was wel de uiterste termijn.'

'En.'

'Uit mijn onderzoek is gebleken dat Alex Delszsen de laatste vierentwintig uur het dispuut aan de Brouwersgracht niet heeft verlaten... voordat hij die noodlottige dag naar zijn afspraak ging.'

'Hoe laat was dat?'

'Halfacht. Hij verliet het dispuut om halfacht. Dus ongeveer een halfuur voordat hij op het Damrak door de agenten Kraaijenbrink en De Vries werd opgepakt.'

De Cock wreef langs zijn brede kin. 'Was er drank in huis?'

Vledder schudde krachtig het hoofd. 'Geen druppel.' Hij glimlachte. 'Ik begrijp wat je bedoelt. Hoe kwam Alex Delszsen aan dat percentage alcohol in zijn bloed?'
'Precies.'
'Ik heb dat nagegaan. Natuurlijk. Vanaf de Brouwersgracht in de richting van het Damrak ben ik elk cafeetje binnengestapt dat ik tegenkwam.'
'En?'
'Het was een kruistocht. Pas bij het achtste cafeetje had ik geluk. Op de Martelaarsgracht. Je kent het wel, Het Dorstige Hert. Ik liet de caféhouder een foto van Delszsen zien. Hij herkende hem onmiddellijk. Delszsen kwam daar wel vaker. Op die bewuste avond kwam hij om even over halfacht Het Dorstige Hert binnen. Delszsen zag er belazerd uit. Grauw. Hij zei ook dat hij zich niet lekker voelde. Hij dacht dat hij een zware griep onder zijn leden had en vroeg om cognac. Hij heeft kort achter elkaar drie cognacjes gedronken en is toen weggegaan. De caféhouder raadde hem nog aan direct onder de wol te kruipen, maar daar wilde Delszsen niet van horen. Het kon niet, zei hij, hij had een afspraak.'
De Cock knikte peinzend. 'Alex Delszsen kwam alleen het café binnen en ging ook alleen weer weg?'
'Ja.'
'Hij voelde zich niet lekker?'
'Nee.'
De Cock streek met zijn pink over de rug van zijn neus. 'We kunnen dan,' zei hij aarzelend, 'wel aannemen dat hij het vergif niet gelijk met de alcohol heeft ingekregen. Op het moment dat Alex Delszsen zijn cognacjes dronk, was het gif zijn dodelijke werking al begonnen. De alcohol heeft het alleen maar gestimuleerd.' Hij staarde Vledder een tijdlang nadenkend aan. 'Volgens de caféhouder,' memoreerde hij, 'dronk Delszsen drie cognacjes snel achter elkaar?'
'Ja.'
'Hij zag er slecht uit en zei van zichzelf dat hij dacht dat hij een zware griep onder de leden had?'
'Ja.'

‘Delszsen dronk de cognac dus als... medicijn?’
Vledder knikte aarzelend. ‘Ja,’ zei hij verwonderd, ‘dat is toch heel normaal?’
De Cock schoof zijn dikke onderlip naar voren. ‘Heel normaal,’ herhaalde hij traag, nadenkend. ‘Daarom valt uit de verklaring van onze caféhouder een conclusie te trekken.’
‘Een conclusie?’
De Cock knikte met een ernstig gezicht. ‘Een belangrijke conclusie... *Alex Delszsen wist niet dat hij was vergiftigd.*’
‘Wat?’
De Cock schudde het hoofd. ‘Alex Delszsen was zich het gevaar niet bewust. Hij dacht aan een zware griep en nam cognac... als medicijn. Hij dacht helemaal niet aan vergif.’
Vledder staarde hem plotseling met grote ogen aan. ‘Verdomme,’ hijgde hij, ‘je hebt gelijk. Daar heb ik helemaal niet aan gedacht. Maar natuurlijk... als Delszsen zelf het gif had ingenomen, dan had hij het geweten... dan had hij geweten dat het *geen* zware griep was...’
De Cock glimlachte. ‘En hieruit volgt?’
Vledder grijnsde. ‘Dat Delszsen de parathion niet zelf had ingenomen. Niet bewust. Hij stierf niet door zelfmoord...’
De Cock knikte hem toe. ‘...maar door moord.’
Er viel een diepe stilte. Het beeld van de donkere student drong zich scherp aan hem op. De dood van Alex Delszsen had ineens een nieuwe dimensie... de dimensie van zijn moordenaar.

10

Vledder keek zijn oude leermeester bewonderend aan. 'Weet je, De Cock... met jou samen gaat het allemaal zo gemakkelijk... lijkt het doodsimpel.' Hij lachte opgewekt, bevrijd. 'Wil je geloven dat ik er weer zin in krijg? Mensen, mensen, wat zat ik in de put. Ik wist me gewoon geen raad. Ik zag er geen gat meer in.'
De Cock keek hem spottend aan. 'En toen dacht je... het zal wel een doodgewone zelfmoord zijn. Laat ik het daar maar op aansturen.' In zijn stem trilde een zoet sarcasme.
Het gezicht van de jonge Vledder kleurde van schaamte. 'Nou ja,' zei hij verontschuldigend, 'je moet het mij maar niet kwalijk nemen. Je weet hoe moeilijk gifmoorden zijn. Je hebt het zelf gezegd. Bovendien... ik heb niet zoveel ervaring als jij.'
De Cock snoof. 'Ik dacht anders,' zei hij quasi verwonderd, 'dat je het wel aankon. Dat zei je toch? Jij zou de moordenaar van Alex Delszsen wel even ontmaskeren... alleen.'
Vledder beet op zijn onderlip. Hoewel hij besefte de hoon en spot van zijn oudere collega te hebben verdiend, had hij moeite het te verwerken. 'Ik moest toch een kant uit,' zei hij somber.
De Cock glimlachte. 'Laten we er niet meer over praten,' zei hij vriendelijk. 'Dat lijkt mij het beste.' Hij zweeg even. 'En dat proces-verbaal dat je daar in de machine hebt zitten... ik zou het maar verscheuren, voordat iemand de kans krijgt het te lezen. Je hebt toch nog met geen van de collega's hier over deze affaire gesproken?'
'Nee.'
'Je hebt ook de commissaris nog geen verslag gedaan?'
Vledder schudde mistroostig het hoofd. 'Hij heeft wel een paar maal naar mij gevraagd, maar ik heb hem steeds kunnen ontlopen.'
'Mooi... dan blijft het verder onder ons.'
Vledder knikte. 'Dank je,' zei hij benepen. 'Ik moet toegeven dat ik geen beste beurt heb gemaakt.' Hij trok met een beteu-

terd gezicht zijn half afgemaakt proces-verbaal uit de machine en frommelde het in elkaar. 'Ik heb soms het gevoel dat ik het nooit leer.'
De Cock lachte hem toe. 'Nooit opgeven,' zei hij bemoedigend, 'gewoon volhouden.' Hij legde zijn hand op zijn schouder. 'Ik dacht dat je er weer zin in kreeg?'
Vledder trok zijn gezicht in een verbeten plooi en sloeg met zijn vuist op tafel. 'Verdomme,' riep hij uit, 'die rotstudenten. Ze hebben mij gewoon een kunstje geflikt. Ze hebben mij met hun zelfmoordtheorieën om de tuin geleid. Ik zal ze...'
De Cock schudde het hoofd. 'Je zal niets. Je hebt lang genoeg als een dartele koe in een porseleinkast getrapt. Het wordt tijd dat we de zaken eens ernstig ter hand nemen. Laten we om te beginnen eens vaststellen wat je onderzoek tot nu toe heeft opgeleverd. Bijvoorbeeld die twee kaartjes... met wie had Alex Delszsen op de dag van zijn dood een afspraak voor de schouwburg?'
Vledder haalde zijn schouders op. 'Dat weet ik niet. Er was niemand die het mij kon vertellen. Men was algemeen van oordeel dat het wel een meisje zou zijn geweest, althans een wezen van het vrouwelijk geslacht. Delszsen was nogal in trek bij de vrouwen. Een van de studenten van het dispuut noemde hem zelfs een seksueel genie.'
De Cock grinnikte. 'Ik vermoed zo... meer genitaal dan geniaal. Hij hield zijn hoofd iets schuin, maakte een komisch gebaar. 'Vergeef mij dit woordgrapje.'
Vledder schoot in de lach. 'Dat weet ik natuurlijk niet. Ik bedoel, zo goed heb ik die Alex Delszsen niet gekend.' Hij giechelde nog wat na. 'Hoe het ook zij... die jongeman scheen contacten met vele vrouwen te onderhouden.'
'Welke vrouwen?'
Vledder zuchtte. 'Daar ben ik nooit achtergekomen. Ik heb het natuurlijk wel geprobeerd, uiteraard. Het kon een motief zijn. Maar Delszsen huldigde blijkbaar het standpunt *ein Kavalier geniesst und schweigt*. Met andere woorden, hij vertelde zijn medestudenten wel van zijn uitgebreide amoureuze ervaringen, maar noemde daarbij nooit de namen van zijn beminden.'

De Cock stak zijn onderlip vooruit. 'Dat was heel netjes van Alex.'
Vledder knikte. 'In het algemeen heb ik tijdens mijn onderzoek geen slecht beeld van Delszsen gekregen. Hij was de oudste van het dispuut en de *primus inter pares*, behoorlijk intelligent, uitblinker in alles... de liefde... de sport. Hij werd door zijn medestudenten vereerd, was bijzonder geliefd... ook al omdat hij over een ruime toelage beschikte. Zijn ouders zijn zeer gefortuneerd.'
'Afgunst?'
Vledder maakte een hulpeloos gebaar. 'Och ja,' zei hij wat aarzelend, 'ik geloof dat alle studenten van het dispuut wel afgunstig op hem waren, de een wat meer, de ander wat minder. Maar toch... zie je, ik heb bij geen van hen iets kunnen ontdekken dat ook maar in de verste verte op haat leek. Ze waren diep onder de indruk van Delszsens dood en schenen allemaal echt bedroefd... niemand uitgezonderd.'
De Cock streek met zijn hand langs zijn gezicht. 'Zijn politieke activiteiten?'
Vledder grijnsde. 'Het rumoer rond zijn dood is gauw verstomd. Ook de beschuldigingen. Gelukkig maar, anders had de Ouwe mij niet zo lang met rust gelaten.'
De Cock knikte. 'Maar zijn er motieven in het politieke vlak?'
Vledder antwoordde niet direct. 'Ik heb daar weinig van gemerkt,' zei hij weifelend. 'Ik had tijdens de verhoren het idee dat men het onderwerp politiek bewust vermeed.'
De Cock trok zijn wenkbrauwen op. 'Maar Delszsen gold als een van de voormannen van de studentenbewegingen. Het dispuut aan de Brouwersgracht was een soort hoofdkwartier.'
Vledder liet zijn hoofd iets zakken. 'Ik weet het. Maar mij is niets opgevallen. En eerlijk gezegd... ik heb er niet zo goed op gelet. In een van die eerste krantenverslagen las ik dat Alex Delszsen in het voorjaar met twee medestudenten naar Berlijn is geweest voor het bijwonen van een soort congres. Maar dat onderwerp is tijdens de verhoren nooit ter sprake gekomen.'
'Waarom niet?'
'Omdat... omdat ik het niet belangrijk vond.'

De Cock knikte traag. 'Had Delszsen in het dispuut een eigen kamer of deelde hij zijn kamer met iemand anders?'
'Hij had een eigen kamer. Elke student in het dispuut heeft een eigen kamer. De studenten Haverman en Van Gelder hebben ieder een kamer op de bel-etage. Kluffert en Van Marle bewonen samen de tweede etage en Delszsen en Shepherd de eerste. Beneden in het souterrain is de keuken voor gezamenlijk gebruik.'
'En de zolder?'
Vledder keek verrast op. 'De zolder?'
De Cock gebaarde breed. 'Daar woont Van der Duijn.'
'Wie?'
'Student Van der Duijn... criminologie. Ik ontmoette hem op mijn weg naar Barsingerhorn. Hij vroeg mij naar Amsterdam terug te komen om de zaak Delszsen te behandelen. Hij was ervan overtuigd dat Alex was vermoord.'
Vledder trok een verbaasd gezicht. 'Ik wist niet dat er in het dispuut ook nog een Van der Duijn woonde. Ik dacht dat het zolderkamertje niet permanent werd gebruikt.' Hij pauzeerde even, tastte met zijn hand nadenkend naar zijn hoofd. 'Van der Duijn... hij is een van de studenten met wie Delszsen in Berlijn dat congres bijwoonde.'
'Wat?'
'Ja, ik herinner mij die naam uit dat krantenbericht. De andere student was Haverman.'
De Cock staarde voor zich uit. 'Voor Van der Duijn was de moord op Alex Delszsen geen verrassing. Hij zei dat hij het al maandenlang had zien aankomen.'
'Hij verwachtte de moord? Op grond waarvan?'
'Zijn intuïtie.'
Vledder snoof. 'Intuïtie.' Het klonk smalend, wantrouwend. 'Wat heb ik aan intuïtie?' Hij zuchtte diep, krabde zich achter in de nek. 'Toch is het vreemd. Ik heb ook zelf soms het gevoel dat er in het dispuut allang iets broeide.'
'Hoezo?'
'Er werd veel over moord gesproken.
'Door wie?'

'Door de studenten... de studenten van het dispuut. Men kwam vrij regelmatig bij elkaar, meestal op de kamer van Delszsen, en hield disputen... disputen over moord. Voor zover ik uit de verklaringen heb begrepen, was het een dankbaar onderwerp. Zelfs op de avond voor Delszsens dood was moord in dispuut.'
De Cock knikte traag. 'Moord in dispuut,' herhaalde hij. 'Een fraaie titel voor een dissertatie.' Hij stond op, streek met zijn hand over zijn gezicht. 'Het is opvallend hoe de gedachte aan moord de mensen steeds bezighoudt. Men leest, schrijft, spreekt over moord met een graagte... een bezieling... die beangstigt. Waarom? Omdat in ieder van ons heimelijk de moordenaar schuilt. Omdat wij allen in onze naaste omgeving wel iemand kennen die wij strikt in het verborgene – om welke redenen dan ook – graag van de aardbodem zagen verdwijnen. Meestal blijft het een onuitgesproken gedachte. Maar soms... wanneer de gedachte uitgroeit tot een beklemming... een neurose, wanneer dwangmatig de gedachte aan moord steeds terugkeert... stijgt tot een obsessie... wanneer alle normen vervagen tot *to be or not to be*, dan...'
Vledder begon luidkeels te lachen.
De Cock, in zijn gedachtegang gestoord, keek hem verwonderd aan. 'Wat is er?'
Vledder schudde lachend het hoofd. 'Niemand heeft jou gevraagd een *dissertatie* over moord te schrijven... je moet er een oplossen.'
De Cock keek hem verstrooid aan. 'Daar,' zei hij gelaten, 'was ik juist mee bezig.'

11

Ze schuifelden over een zomers-zonnig Damrak. Het was er druk, zoals altijd. Om hen heen klonk een kleurrijk klankenpalet van vreemde talen, dialecten. Louter mooie vrouwen flaneerden in luchtige toiletjes langs overvolle terrasjes. Een fleurige show om niet.
De vlaggetjes aan de steigers van de rondvaartboten wapperden feestelijk onder een stralend blauwe hemel en Mosie, de altijd ijverige haringman uit de Heintje Hoekssteeg, lokte met Hollandse nieuwe. Amsterdam had er zin in.
Rechercheur De Cock flaneerde mee, opgewekt, vrolijk, met een kleine lentetinteling in het bloed. Hij zwaaide joviaal naar zijn oude vriend en vijand Handige Henkie, die hij tot zijn lichte verbazing weer vrij zag rondlopen, en knipoogde overmoedig naar een opvallend blondje, dat zacht glanzend langs hem schoof en kwistig vleugjes parfum strooide.
De Cock snoof en genoot.
Rechercheur Vledder flaneerde niet. Hij liep in gepeins. Zijn knap, wat jongensachtig gezicht werd ontsierd door diepe dwarse denkrimpels. Ze misstonden. Ze gaven hem het uiterlijk van een man die te jong reeds de moede last des levens torst. De zomerse blijheid van de Amstelstad ging hem onopgemerkt voorbij. Hij zag het niet. Hij proefde het niet. Voor hem paradeerde het vrouwelijk schoon tevergeefs. De jonge Vledder werd er niet door beroerd. Hij dacht aan moord. 'Zeg,' riep hij plotseling, 'je bent toch hoop ik niet van plan om al de studenten van het dispuut opnieuw te verhoren? Dat is nu niet zo prettig voor mij, vind je wel? Bovendien... ik dacht toch, dat ik ze behoorlijk had uitgevraagd.'
De Cock haalde wat nonchalant zijn schouders op. 'Dat hangt er helemaal van af wat het factotum zegt.'
Vledder keek hem van terzijde verbaasd aan. 'Factotum?'
De Cock knikte bedaard. 'Elk dispuut,' legde hij uit, 'dat zich een weinig respecteert, bezit een factotum... een duvelstoeja-

ger, een manusje van alles, die tegen een geringe vergoeding de kamers schoonhoudt en allerlei andere klusjes voor de studenten opknapt. Het dispuut aan de Brouwersgracht zal daarop wel geen uitzondering vormen. We moeten maar eens navraag doen. Ik denk dat het ons niet veel moeite zal kosten de man te vinden. Meestal woont het factotum in of niet ver van het dispuut.'

Vledder schudde vertwijfeld het hoofd. 'Ik wist niet,' pruilde hij, 'dat er zo'n man bestond. Een factotum... nog nooit van gehoord.'

De Cock grijnsde. 'Nu wij ons in studentenkringen bewegen,' sprak hij deftig, 'behoort het tot de goede toon om de conversatie met wat Latijn op te fleuren. Je zult er even aan moeten wennen.'

Vledder trok een verongelijkt gezicht. 'En wat zou zo'n factotum,' mokte hij, 'ons over de dood van Alex Delszsen kunnen vertellen?'

De Cock glimlachte. 'Heel veel... hoop ik. Kijk, het factotum wordt door de studenten nog wel eens als biechtvader gebruikt... behoeder van kleine vertrouwelijkheidjes, liefdesgeheimen... soms zelfs als *postillon d'amour*.'

Vledder trok zijn neus op. 'Biechtvader... daar kan ik nog inkomen.' Hij grinnikte, spottend. Maar *postillon d'amour*... dat is uit de tijd. Verouderd. We hebben tegenwoordig de telefoon. Dat is veel efficiënter.'

De Cock plooide zijn gezicht in afschuw. 'Een telefoon...' de grijze speurder legde in dat ene woord al de verachting die hij tot uitdrukking kon brengen, '...een telefoon gebruik je voor zaken... niet voor liefde.' Hij keek zijn jongere collega van opzij verwijtend aan. 'Leer één ding van mij... de romantiek is niet dood. Ze zal nooit sterven. Ook in onze efficiënte wereld is zij nog springlevend. Zelfs de meest geëmancipeerde vrouw is gevoelig voor een romantisch gebaar. Geloof me, liefdesbrieven worden nog steeds geschreven. Ook door moderne jonge mensen.' Hij gebaarde breed, enthousiast. 'En wat is er nu romantischer dan zo'n vurige liefdesbrief per speciale koerier te laten bezorgen aan het huis van de beminde?' Hij keek glunderend naar het misprijzende gezicht van de jonge Vledder. 'Ben je dan nog nooit,' vroeg hij verbaasd, 'echt verliefd geweest?'

'Verliefd?'
De oude heer Zorghdrager bracht zijn lippen in een tuitje en wipte met zijn hoofd. 'Ja, de jongeheer Delszsen was dikwijls verliefd. Ik schat toch wel minstens eenmaal in de maand.'
De Cock lachte. 'Dat is nogal frequent.'
'Wat zegt u?'
'Dat is nogal vaak.'
De oude knikte bevestigend. Hij leunde in zijn rieten stoel behaaglijk achterover en lurkte aan zijn korte houten pijp. Het gaf een vies pruttelend geluidje. De oude stoel knerpte een protest.
'Och,' zei hij vergoelijkend, 'hij was een jongen met een zuidelijk temperament. Wat wil je? Er zat meer zon in zijn botten dan bij ons koude noorderlingen. Wat kon die jongen daar nou aan doen?'
De Cock wist het niet.
Vledder mengde zich in het gesprek. 'Heeft u,' vroeg hij, 'voor Alex Delszsen wel eens liefdesbrieven bezorgd?'
De oude Zorghdrager verzonk in gepeins. 'Ja, ik heb wel eens een brief voor hem moeten wegbrengen.'
'Een liefdesbrief?'
De oude knikte wat schichtig. 'Ik neem aan dat het een liefdesbrief was.'
'Waar moest de brief heen?'
'Moet ik daarop antwoorden?'
'Liefst wel.'
Zorghdrager streek met zijn vingers tussen zijn boordje. 'Ik... eh, ik heb anders beloofd er met niemand over te praten.' Het klonk wat aarzelend. 'Ziet u, het is allemaal niet zo prettig voor een van de andere studenten.'
Vledder keek hem onderzoekend aan. 'Niet prettig?'
De oude krabde zich achter het oor.
'Die brief... die brief van Delszsen was voor de zuster van de jongeheer Kluffert.'
'Wel?'

De oude zuchtte diep. 'U weet dat misschien niet zo, maar Kluffert en Delszsen waren niet zulke beste vrienden. Ronduit gezegd... Kluffert had een hekel aan Delszsen. Hij kon het vrijmoedige gedrag van Delszsen ten opzichte van vrouwen en meisjes niet goed uitstaan. Hij ergerde zich daaraan. Kluffert is van het degelijke type. Van huis uit al. Als hij had geweten dat Delszsen met zijn zuster relaties onderhield... dan waren de rapen gaar geweest.'
Vledder knikte strak. 'Kort gezegd... Alex Delszsen had omgang met de zuster van Kluffert.'
'Ja.'
'En is Kluffert daar nooit achtergekomen?'
De oude trok zijn schouders op. 'Ik denk het niet. Ik had er anders zeker iets van gehoord. Ziet u, die Kluffert is geen gemakkelijke jongen.'
'Hoe bedoelt u?'
Zorghdrager grijnsde breed. 'Daar was zeker herrie van gekomen.'
Vledder beet nadenkend op zijn onderlip. 'Dank u,' zei hij afgemeten, 'ik heb voorlopig geen vragen meer.'
De Cock schoof zijn stoel dichter naar de oude toe. Hij had zijn gezicht, zoals altijd, in een vriendelijke plooi. Hij had tijdens de vragen van de jonge Vledder nauwlettend gekeken, iedere reactie op het gezicht van de oude Zorghdrager geregistreerd.
'Kende u *al* de liefdes van Delszsen?'
De oude glimlachte hautain. 'Al de liefdes van Alex... dat zou van mij wel wat te veel zijn verlangd. De jongeheer was tegenover mij nooit terughoudend. Dat niet. Hij vertelde mij van zijn avonturen. Hij vertelde zelfs uitgebreid. Zover ik weet, had hij voor mij geen geheimen. Maar al zijn liefdes...' Hij glimlachte opnieuw. 'Ik denk dat hij het op den duur zelf niet meer heeft kunnen bijhouden.'
'Zoveel?'
De oude schudde meewarig het hoofd. 'Het was zo erg... de jongeheer Delszsen ging er op het laatst zelfs slecht van uitzien.' Hij lurkte nog eens aan zijn pijp. 'Hoe denkt u over die meiden van tegenwoordig... hoe denkt u daarover? Die vragen wat... die vergen wat van zo'n jongen.'

De Cock slikte. 'Dat zal wel.' Hij hield met moeite zijn gezicht in de juiste plooi. 'Ik weet dat zo niet.'
De oude knikte ferm. 'Neem het maar van mij aan. Ik zie en hoor genoeg.'
'Van de studenten?'
De oude Zorghdrager schoof in zijn rieten stoel heen en weer. Hij ging er eens goed voor zitten. 'Generaties, meneer... generaties van studenten heb ik onder mijn hoede gehad. Bij God, hoeveel jaren doe ik dit werk al. Geloof me, ik ken de moeilijkheden van de jongelui. Ik weet wat in ze omgaat. De jeugd is altijd nogal uitbundig geweest... wat losjes, zal ik maar zeggen... ook vroeger. Maar zoals dat tegenwoordig gaat...' Hij zweeg betekenisvol, schudde zijn oude hoofd en maakte felle tutgeluidjes. 'Geen schaamte, meneer, dat is het... geen schaamte. Ze lopen gewoon met hun... eh, hoe zal ik het zeggen... hun behoeftes te koop. De meisjes dan...'
Hij zweeg even en de oude stoel knerpte. 'Neem nou,' zo ging hij na een poosje verder, 'neem nou die Ella Rosseling.'
De Cock keek verrast op. 'Ella Rosseling?'
De oude gebaarde wild. 'Die meid... die meid, met wie de jongeheer Delszsen een tijdje omgang heeft gehad. U weet wel...'
De Cock wreef met zijn hand over zijn gezicht. 'Het spijt me,' zei hij zacht, verontschuldigend, 'ik weet niets. De liefdesaffaires van Alex Delszsen zijn tijdens ons onderzoek wat in de mist blijven hangen. Er was niemand die ons daarover kon inlichten. Daarom, ziet u, daarom ben ik zo blij dat de jongeheer Delszsen u zoveel vertrouwen schonk. Dat is voor ons bijzonder prettig.' Hij keek even opzij. 'Nietwaar, Dick?'
Vledder knikte instemmend. 'Inderdaad, bijzonder prettig.'
Het vleiertje deed de oude Zorghdrager zichtbaar goed. Hij spande zijn magere borst en glimlachte. 'Och ja,' zei hij niet zonder trots, 'ik ben ook vaak meer dan een vader voor de jongelui, moet u begrijpen. Ze komen vaak bij mij om raad... dingen waarover ze met hun eigen vader thuis nooit durven spreken.'
De Cock knikte ernstig. 'Ik begrijp het. Volkomen. Maar laten we terugkeren naar Ella Rosseling. U was, meen ik, van plan ons iets over haar te vertellen?'

‘O ja, Ella Rosseling, die meid...’ hij schudde afwijzend het hoofd, ‘een hoertje... ja, als u het mij vraagt... compleet een hoertje.’ Hij grijnsde vals. ‘Ze vroeg er alleen geen geld voor.’
‘Geen geld?’
‘Nou ja, ze vroeg geen geld van de jongeheer Delszsen. Van anderen weet ik niet. Ze was nu eenmaal gek op Alex. Stapelgek. Ze is zelfs een scène komen maken aan het dispuut, toen ze erachter was gekomen dat de jongeheer Delszsen ook relaties met andere vrouwen onderhield.’
‘En was het toen uit?’
De oude schudde krachtig het hoofd. ‘Op de dag van zijn dood is ze nog bij hem op zijn kamer geweest.’
De Cock veerde op. ‘Wat?’
‘Ja, nog op de dag van zijn dood. Absoluut. Ik kan dat zelfs bewijzen.’ De oude Zorghdrager stond van zijn stoel op en scharrelde naar zijn slaapkamer. Al na een paar seconden kwam hij met een zwart glanzend kledingstuk terug. Hij hield het omhoog als een soort trofee. De Cock keek verbaasd op. Het was een zachte zijden onderjurk met kant, frivool, exclusief. De oude man gooide hem het kledingstuk achteloos toe. ‘De onderjurk van de jongejuffrouw,’ gebaarde hij wat gewild nonchalant, ‘heb ik op zijn kamer gevonden.’
‘Na zijn dood?’
‘Ja, na zijn dood, toen ik zijn kamer opruimde.’
De Cock knikte traag. ‘Zijn er,’ vroeg hij aarzelend, ‘zijn er nog andere dingen, die u na zijn dood van zijn kamer hebt weggehaald?’
De oude schudde zijn hoofd, traag, een beetje weifelend.
‘Nee,’ zei hij terughoudend, ‘nee, verder heb ik niets weggehaald.’ Er viel een korte stilte.
Rechercheur De Cock wreef met de toppen van zijn vingers over de zachte zijden stof van de onderjurk. Na een poosje keek hij de oude man aan, vragend, het hoofd een beetje schuin. ‘Dit,’ zei hij vriendelijk, ‘is dus de onderjurk van Ella Rosseling?’
De oude knikte bevestigend.
‘U weet dat zeker?’
‘Ja.’
‘U kunt zich daarin niet vergissen?’

‘Nee.’
De Cock gebaarde. ‘De jongeheer Delszsen ontving toch ook andere dames op zijn kamer. Ik bedoel maar, de onderjurk behoeft toch niet per se door Ella Rosseling te zijn achtergelaten.’
De oude zuchtte. ‘Het is de onderjurk van Ella Rosseling, zeg ik u.’ Zijn stem klonk fel, wrevelig.
‘Dan vraag ik mij toch in gemoede af,’ zei De Cock wat streng, ‘hoe u dat zo precies weet? Een onderjurk is nogal een intiem kledingstuk. En ik neem toch niet aan dat de jongelui u als toeschouwer inviteerden, wanneer zij zich voor... laten we zeggen “het feest” ontkleedden. Of wel, meneer Zorghdrager?’
Over het lange, tanige gezicht van de oude man gleed een diepe blos. Hij schoof onrustig heen en weer. De oude rieten stoel knerpte. De Cock keek hem een tijdje zwijgend aan. ‘U wist wanneer Delszsen damesbezoek had?’
De oude knikte nauwelijks merkbaar.
‘Hoe?’
De adamsappel in de magere hals van de oude wipte op en neer. Zijn tong gleed langs zijn droge lippen. Hij voelde zich kennelijk niet op zijn gemak.
‘Hoe,’ drong De Cock aan, ‘hoe wist u dat?’ De oude antwoordde niet.
De Cock boog zich iets naar hem toe. ‘Vertelde Delszsen het vooruit?’
‘Nee.’
‘Hoe dan?’
De oude Zorghdrager begon licht te trillen. De pijp in zijn hand brandde allang niet meer. De gezapige zelfvoldaanheid waarmee hij de rechercheur aanvankelijk had te woord gestaan, was verdwenen. Hij leek ineens oud, heel erg oud en zielig.
De Cock voelde medelijden, maar zijn vragende blik bleef dwingend op hem gericht. ‘Nou...’
De oude stond zuchtend op. Het ging moeizaam. Het was alsof alle kracht uit zijn benen was weggezakt. Hij waggelde. Zijn knokige hand klemde om de leuning van zijn stoel. Langzaam draaide hij zich om en zijn hand reikte bevend naar een verrekijker. Het was een oud geval in een leren foedraal met een

vettig riempje. De oude pakte het van een spijker aan de muur en liep ermee naar het raam.
'Komt u maar kijken,' zei hij zacht.
De Cock kwam naast hem staan. Aan de andere kant van de Brouwersgracht, tussen de bomen door, keken ze naar de ramen van het studentenhuis. De afstand was hemelsbreed niet zo ver. De kamer van Delszsen lag schuin beneden.
De Cock nam de verrekijker van de oude Zorghdrager over. Het was een goede kijker, merkte hij, die sterk vergrootte. Hij stelde het beeld scherp. Door de kijker gleed zijn blik langs de gevel van het studentenhuis, wipte over een paar muurankers en gleed de kamer van Delszsen binnen. Het interieur was duidelijk te onderscheiden; een grauw behang, een boekenplank, een oud kastje, het bed...
De Cock liet de kijker zakken. Hij keek de oude man aan, verdrietig, zacht verwijtend. 'Voyeur,' zei hij loom, 'genieter uit de tweede hand.' De oude liet het hoofd zakken.

Een tijdlang zwegen ze.
De Cock hing de verrekijker terug aan de spijker aan de muur. De oude man was weer gaan zitten. Alle vuur scheen in hem gedoofd. Hij staarde wat wezenloos voor zich uit, een onwillige trek lag om zijn mond.
Er heerste een gedrukte stemming. De juiste sfeer voor vertrouwelijkheden ontbrak. De oude Zorghdrager leek wat nukkig na de ontdekking van zijn ondeugd. Het was in feite zinloos het verhoor voort te zetten. In deze stemming was van de oude man weinig bereidheid tot medewerking te verwachten. De Cock wilde al opstaan, maar de jonge Vledder hield hem tegen. De uitlatingen van de oude Zorghdrager hadden hem aan het denken gezet. In zijn gedachten rijpte een mogelijkheid. 'Die Ella Rosseling,' memoreerde hij, 'was dus op de dag van Delszsens dood nog bij hem?'
De oude knikte wat onwillig.
'Hebt u,' vroeg Vledder onverstoorbaar, 'haar hele bezoek door de kijker gevolgd? Ik bedoel dus ook de periodes voor en na de bedscène.'

De oude zuchtte. 'Van het begin af. Ik heb haar zien binnenkomen en ik heb haar zien weggaan.'
'Is u tijdens het bezoek van Ella Rosseling nog iets bijzonders opgevallen?'
De oude schudde zijn hoofd. 'Niets... nou ja, dat ze naar bed gingen.'
Vledder greep met zijn hand naar het hoofd. 'Ik bedoel, hebben ze samen nog iets gedronken?'
Zorghdrager dacht na. Zijn blik dwaalde naar het plafond.
'Ja,' zei hij na een poosje, 'ze hebben inderdaad iets gedronken samen... koffie.'
'Hoezo... koffie?'
De oude gebaarde voor zich uit. 'Ik heb die juffrouw Rosseling de kamer zien af gaan. Na een paar minuten kwam ze terug met twee koppen. Ik denk dat ze in die tussentijd beneden in de keuken is geweest en daar twee koppen koffie heeft klaargemaakt.'
Vledder keek wat ongelovig. 'In een paar minuten?'
De oude knikte. 'Dat kan best. In het keukentje staat een grote pot met Nescafé en het water uit de boiler is bijna kokend. Een paar koppen koffie is zo gemaakt.'
Vledder keek peinzend voor zich uit. 'Die koppen... die twee koppen waaruit beiden gedronken hebben... wat is daarmee gebeurd?'
De oude glimlachte vermoeid. 'Omgewassen... die heb ik omgewassen.'
Vledder zuchtte. 'Daar was ik al bang voor.'
De Cock glimlachte. Hij begreep wat zijn jonge collega bedoelde. Het gif kon Delszsen met de koffie zijn toegediend. De koppen hadden het bewijs kunnen vormen. Hij nam het verhoor van de teleurgestelde Vledder over. 'Kende u Ella Rosseling?'
De oude haalde zijn schouders op. 'Kennen... ik heb wel eens een paar maal met haar gesproken, kort, vluchtig, wanneer ze naar Alex vroeg. Ze was pinnig, fel. Beslist geen katje om zonder handschoenen aan te pakken.'
De Cock keek de oude scherp aan. 'Zou zij...?'
'U bedoelt... de jongeheer Delszsen...?'

‘Ja.’
De oude Zorghdrager klemde zijn lippen op elkaar. Zijn tanig gezicht kreeg plotseling een vastberaden, haast verbeten uitdrukking. ‘Ik wil niemand beschuldigen,’ riep hij ferm, ‘maar als zij heeft geweten dat Alex voorgoed met haar wilde breken, dan...’
‘Wilde Alex dat?’
De oude knikte. ‘Hij zou het haar die dag zeggen. Hij wilde van haar af. Ziet u, hij had ernstige plannen met juffrouw Kluffert. Hij had het al meer geprobeerd.’
‘Wat?’
‘Om van die Ella Rosseling af te komen. Maar hij durfde niet goed. Ze is een serpent, meneer.’ Er kwam vuur in de ogen van de oude Zorghdrager. ‘Als iemand Alex Delszsen heeft vergiftigd, dan is *zij* het. Ze is... ze is tot alles in staat.’
De Cock keek hem onderzoekend aan. ‘Ook tot moord?’
De oude blikte onbevangen terug. ‘Ook tot moord.’

12

Vledder keek op van zijn aantekeningen. ‘Zou Ella Rosseling hem hebben vermoord? Het is niet ondenkbaar dat ze wist of vermoedde dat Alex Delszsen van haar af wilde.’
De Cock liet zich in zijn stoel zakken, legde zijn benen voor hem op het bureau. ‘Een *crime passionnel*,’ zei hij, ‘de verstoten geliefde.’
Vledder trok een verongelijkt gezicht. ‘Is dat zo gek?’
De Cock schudde het hoofd. ‘Buiten het motief... Ella Rosseling was ook praktisch in de gelegenheid Alex Delszsen vergif toe te dienen. We mogen wel aannemen dat ze alleen in de keuken was toen zij de koffie met rijkelijk suiker...’ Hij maakte zijn zin niet af, tilde verwonderend kwiek zijn benen van het bureau en stond op. In zijn zo typische slenterpas beende hij naar de kapstok, zette zijn oude hoedje achter op het hoofd en liep naar de deur.
Vledder keek hem verbaasd na. ‘Waar ga je heen?’
‘Op bezoek bij de vrouw voor wie Ella Rosseling moest wijken.’
Een ogenblik was Vledder besluiteloos. Toen smeet hij zijn aantekeningen in zijn la en rende hem na.

De Cock boog ouderwets hoffelijk, een glimlach op het gezicht, zijn vilten hoedje in de hand. Hij had nog iets van een ridder... een ridder in colbert. Misschien wat bedaagd, belegen, maar nog altijd vol allure. ‘Mijn naam is De Cock... De Cock met cee-ooceekaa. En dat is mijn vriend en collega Vledder. Wij zijn... om u te dienen... rechercheurs van politie.’ Hij boog opnieuw.
‘Rechercheurs?’
‘Inderdaad... zo is het. U bent alleen thuis?’
‘Ja...’
De Cock glimlachte innemend. ‘Mooi, dat treft dan. Ziet u, ons bezoek heeft een strikt vertrouwelijk karakter. Wij willen u niet in moeilijkheden brengen... althans niet meer dan nodig.’
Ze keek wat verward, argwanend naar de beide mannen op de

stoep. De Cock bekeek haar aandachtig. Zijn blik gleed langs een paar lange sterke benen omhoog naar een bruinleren minirok, een strakke wollen trui en een ovaal gezicht in een omlijsting van lang, steil asblond haar. Ze was mooi, vond hij, mooi op een haast klassieke manier. Koel, hautain, ongenaakbaar.
'U... eh, u bent toch juffrouw Kluffert?'
'Ja, dat ben ik. Wat wilt u?' Het klonk wrevelig, verstrooid. 'Ik heb weinig tijd. U komt ongelegen. Ik was juist van plan uit te gaan.'
De Cock schonk haar zijn liefste glimlach. 'Wij willen alleen maar even met u praten,' zei hij vriendelijk. 'Het hoeft niet lang te duren. Wij zijn bezig met een onderzoek naar de vrij plotselinge dood van Alex Delszsen en... eh,' hij lette scherp op haar reactie, 'we hebben gegronde redenen om aan te nemen dat u de heer Delszsen goed hebt gekend.'
De woorden van De Cock schokten haar. Zonder twijfel. Het was duidelijk aan haar te zien. Ze deed ook geen enkele moeite het te verbergen of te onderdrukken. Ze bracht de rug van haar hand naar de mond en beet. Een onmiskenbaar gebaar van schrik.
'U wist toch van zijn dood?'
Ze knikte nauwelijks merkbaar.
De Cock keek om zich heen. 'Dit,' zei hij nadrukkelijk, 'is geen onderwerp voor een conversatie op de stoep. Vindt u wel?'
Ze leek uit een verdoving, te ontwaken. 'Oh... eh, neemt u mij niet kwalijk.' Ze deed de deur wat verder open en liet de beide rechercheurs binnen. 'Ik was even in de war,' zei ze verontschuldigend. 'Ziet u, ik wist niet dat iemand het wist. Van Alex en mij, bedoel ik.' Vanuit een ruime hal ging ze De Cock en Vledder voor de trap op en leidde hen naar een groot rechthoekig slaapvertrek. Het zag er ordelijk uit. Er slingerden geen kledingstukken en het bed was opgemaakt. Groen diffuus licht viel door de kieren van de luxaflex.
Ze wees naar een zitje in de hoek. 'Neemt u plaats.'
Vledder ging zitten.
De Cock bekeek wat sceptisch de smalle fauteuiltjes en overwoog dat ze te klein waren voor zijn omvang. Hij negeerde haar aanbod en ging op de rand van het bed zitten. 'Hoe wist u van zijn dood?'

Ze antwoordde niet, liep naar een spiegel aan de wand en schikte iets aan haar haren. De kleine inspectie van haar spiegelbeeld scheen haar zelfvertrouwen te sterken. Ze schreed naar een van de fauteuiltjes en nam rustig plaats. Haar aanvankelijke schrik leek voorbij. Haar bewegingen waren kalm, overwogen, haast methodisch.
'Hoe wist u van zijn dood?' herhaalde De Cock.
Ze verschoof haar fauteuiltje iets naar achteren, sloeg haar slanke benen over elkaar en schudde haar haren los. Het was een pose, waarbij ze haar hoofd met schokjes bewoog en de welving van haar buste wat dieper in de wol van haar truitje drukte. 'Ik heb de verslagen over de moord in de kranten gelezen.' Haar stem klonk zacht, droevig.
De Cock knikte begrijpend. 'Het moet voor u een hele schok zijn geweest.'
Ze schudde langzaam het hoofd. 'Het was geen schok meer. Het verbaasde mij niet eens. Ik was er volkomen op voorbereid.'
'Op voorbereid?'
Ze knikte met een ernstig gezicht. 'Ik wist het eigenlijk al. Ik wist het al voordat het in de krant stond.'
De Cock keek haar fronsend aan. 'U wist het al vóórdat het in de krant stond?' vroeg hij verbaasd.
Ze schonk hem een matte glimlach. 'Het is moeilijk uit te leggen. U zult het niet begrijpen.'
'Probeer het.'
Ze zuchtte diep. 'Ik had die dag een afspraak met hem.'
'De dag van zijn dood?'
'Ja. We zouden naar de schouwburg gaan. We hadden dat al weken van tevoren afgesproken. Alex zou voor de kaartjes zorgen en ik zou hem ontmoeten om acht uur op het Damrak bij de Dam. Daar spraken we altijd af. Alex liet nooit op zich wachten. Nooit. Hij was altijd precies op tijd. Dat scheelde nooit een minuut.' Ze aarzelde even. 'Toen Alex die avond om acht uur niet verscheen, begreep ik dat er iets met hem was gebeurd.' Ze maakte een loom gebaar. 'Ik wist toen dat het geen zin had... dat ik niet langer hoefde te wachten. Alex zou niet komen... nooit meer. Toch ben ik op de hoek van de Dam blijven staan. Vreemd, doelloos. Pas om tien uur ben ik naar huis gegaan.' Ze keek naar de rechercheurs op. 'De volgende

morgen las ik in de krant dat Alex was gestorven... in een smerig politiebureau... vermoord.' Het klonk als een beschuldiging.
De Cock ging eraan voorbij. 'Toen Alex Delszsen die bewuste avond niet verscheen... waarom bent u toen niet naar het dispuut gegaan om te informeren wat er aan de hand was?' Hij aarzelde even voor het effect. 'Of... eh, of liet uw relatie met de heer Delszsen dit niet toe. Ik bedoel, was de verhouding daarvoor niet intiem genoeg?'
Er vonkte iets in haar ogen. 'Mijn relatie... zoals u dat noemt... met de heer Delszsen liet alles toe.' Ze sprak bits, scherp, met een bittere ondertoon. 'Alles, hoort u, alles. Alex en ik... we hielden van elkaar, begrijpt u, en dan zijn er geen taboes.'
De Cock wreef met zijn hand door zijn stugge haar. 'Een vreemd woord... taboes.'
Er vloog een blos over haar wangen. 'Kent u het niet?' riep ze fel.
De Cock knikte. 'Ja, ja,' zei hij traag, 'ik ken het. Het viel mij alleen op, dat u het gebruikte met betrekking tot uw relatie met de heer Delszsen. Dat is alles.'
Ria Kluffert kwam uit haar fauteuil, plotseling, vurig. In haar volle lengte rees ze voor De Cock op. 'Ik heb het recht mijn eigen leven te leiden.' Ze schreeuwde bijna. 'Niemand hoeft mij voor te schrijven wie ik lief mag hebben en wie niet.'
De Cock knikte. 'Zeker,' zei hij bedaard, rustig, 'dat is juist. Als u van Alex Delszsen hield, was dat uw goed recht. Volkomen. Ik ben wel de laatste die u daarover een verwijt zou willen maken. Het is volgens mij een goed ding dat jonge mensen de stem van hun hart volgen... een goed ding.' Hij pauzeerde even, trok lichtjes zijn schouders op. 'Daarom...' hij gebaarde in haar richting, 'daarom begrijp ik niet waarom u niet naar de Brouwersgracht ging toen Alex die avond op zich liet wachten. Hij kwam toch altijd op tijd... u dacht toch dat er iets was gebeurd... en u was toch bezorgd?'
Haar gezicht vertrok. 'Ja,' gilde ze, 'ik was bezorgd!'
De Cock spreidde zijn beide armen. 'Wel, waarom ging u dan niet?' Ze keek De Cock een tijdje met grote ogen aan. Weifelend nog, onzeker. Ze proefde de vriendelijke onverzettelijkheid van die grote brede man voor haar op de rand van het bed. Ze begreep dat zijn vragen zouden terugkomen, onontwijkbaar, in een

steeds dwingender vorm. Ze wist dat ze hem uiteindelijk niet zou kunnen weerstaan en besloot tot capitulatie. Zuchtend liet ze zich terugvallen in haar fauteuiltje en vouwde haar handen in haar schoot. 'Mijn broer...' haar stem klonk zacht, haast fluisterend, 'hij wilde niet dat ik met Alex omging. Hij mocht Alex niet.' Ze drukte haar sterke tanden in haar onderlip. 'Hij haatte hem.'
De Cock keek haar scherp aan. 'Haatte... waarom?'
Om haar lippen gleed een droeve glimlach. Haar lange slanke vingers friemelden aan het steile haar. 'Om mij... geloof ik, om Alex' interesse in mij... blond... blauwe ogen... blanke huid. Ik denk... ik denk dat hij bang was dat mijn... mijn reinheid zou worden bevlekt.' Het klonk uit haar mond bijzonder wrang, haast cynisch. 'Mijn reinheid...' ze grinnikte met een onderdrukte snik, 'de dwaas... wat weet hij ervan.' Ze boog het hoofd en haar schouders schokten.
De Cock liet haar even begaan. Hij dacht dat ze huilde. Maar toen ze naar hem opkeek, zag hij geen tranen.
'U ging die avond niet naar het dispuut omdat u bang was daar uw broer te ontmoeten.' Hij aarzelde even. 'Was dat de reden?'
Ze knikte traag. 'Ik wilde niet dat mijn broer wist dat ik nog met Alex omging. Hij had mij al een paar maal uitdrukkelijk gezegd dat het uit moest zijn. Alex was slecht, zei hij, deugde niet, had avontuurtjes met vrouwen van laag allooi. Het moest uit zijn, voorgoed. Als hij nog eens zou merken dat ik connecties met Alex onderhield, zou hij...' Ze zweeg abrupt.
'Dreigementen?'
Ze schoof met de rug van haar hand langs haar mond, wreef een veeg lipstick over haar wang. 'Ja,' hijgde ze, 'dreigementen.'
De Cock stond moeizaam op en begon door de kamer te stappen. Hij waggelde om het bed als een wat logge eend, de handen diep in de zakken van zijn broek, het hoofd voorover. Zijn gezicht stond ernstig. Er was iets wat hem niet zinde, wat hij niet begreep. In zijn gedachten ging hij het hele onderhoud met Ria Kluffert nog eens na, vanaf de eerste begroeting. De Cock kon dat. Hij had in de loop der jaren dat vermogen ontwikkeld, verder uitgebouwd, en een hoge graad van perfectie bereikt. Het leek een extra zintuig. Het flitste door zijn hoofd, flarden van zinnen, woorden, reacties, korte weifelingen, intonaties...

Achter haar fauteuiltje bleef hij staan en legde zijn handen op haar stevige schouders. Hij voelde de warmte van haar huid tintelen in de toppen van zijn vingers. Een zoete geur van viooltjes steeg uit haar haren op. Het bedwelmde hem een beetje. Over haar heen keek hij naar het middenpaneel van de grote klerenkast en vond haar spiegelend terug. Ze was mooi, stelde hij opnieuw vast, mooi en bijzonder sterk. 'U bent,' zei hij zacht vleiend, 'een doortastend meisje, moedig en dapper. U lijkt mij niet de jonge vrouw die haar grote liefde zou verloochenen.' Hij pauzeerde even, peilde haar reactie. 'En Alex... Alex was toch uw grote liefde?'
Ze slikte. 'Ik hield van Alex.'
De Cock zuchtte diep. Het deed hem pijn dat hij haar zo moest kwellen. Hij had het liever vermeden, maar zag geen andere mogelijkheid. 'Toch,' zei hij met een licht verwijt in zijn stem, 'toch liet u hem in de steek. Zelfs toen uw vrouwelijke intuïtie u zei dat er iets met hem was gebeurd, ging u niet naar het dispuut om te zien of hij uw hulp misschien nodig had.' Hij schudde droef het hoofd. 'Dat begrijp ik niet. Was u zó bang voor uw broers dreigementen?'
'Ja.'
De Cock fronste zijn wenkbrauwen. 'Wat kon hij u doen?'
Onder zijn handen voelde hij haar lichaam trillen. Haar borst ging heftig op en neer.
'Wat kon hij u doen?' herhaalde De Cock dwingender.
Ze beet op haar onderlip. 'Mij...' hijgde ze, 'mij niets.'
'U niets?'
'Nee.'
De Cock boog zich langzaam naar voren. Zijn lippen beroerden het blonde haar. 'Wie,' fluisterde hij, 'wie dan wel?'
Ze antwoordde niet.
De Cock klemde zijn vingers wat steviger om haar schouders en trok zijn mond in een vastberaden plooi. 'Waarom zegt u het niet,' vroeg hij dwingend. 'U weet toch wie Alex Delszsen heeft vermoord?'
Ze knikte nauwelijks merkbaar.
De Cock bracht zijn mond bij haar oor. 'Wie?'
Ze boog het hoofd. Het lange blonde haar viel als een gordijn voor haar gezicht. 'Ernst... mijn broer.'

13

'Gaan we hem arresteren?'
'Wie?'
Vledder keek verwonderd op. 'Kluffert natuurlijk.'
'Wanneer?'
'Nu.' Vledder wees naar de grote klok in de recherchekamer. 'Het is kwart over een. We maken een goede kans dat hij thuis in zijn bed ligt.'
De Cock tilde zijn beide benen op het bureau en leunde behaaglijk in zijn stoel achterover. 'Ik weet het niet,' zei hij aarzelend. 'Ik sta er eerlijk gezegd nog wat huiverig tegenover. Het is zo vaag.'
Vledder snoof. 'Vaag?' reageerde hij verbaasd. 'Ernst Kluffert heeft omonwonden gezegd dat hij Alex Delszsen zou vermoorden als zijn zuster de verhouding niet verbrak.' Hij trok zijn gezicht in een grimas. 'Wel, zusterlief *heeft* de verhouding niet verbroken en Alex Delszsen *is* vermoord. Wat wil je nog meer? Uitgerekend op de dag van de afspraak stierf Delszsen door vergiftiging.'
De Cock glimlachte. 'Je bent een goede aanklager. Zoals jij het stelt, klinkt het simpel en overtuigend. Toch ben ik bang dat er in het hele land geen rechtbank is te vinden die daarop een veroordeling geeft. Waar zijn de bewijzen?'
Vledder knikte. 'Je hebt gelijk,' zei hij wat mismoedig. 'Bewijzen hebben we niet. We weten niet eens of Ernst Kluffert op de hoogte was van het feit dat zijn lieve zuster de relatie met Alex Delszsen níét had verbroken.' Hij zuchtte, spreidde zijn armen in een hulpeloos gebaar. 'En daarmee valt of staat het hele motief.'
De Cock keek hem aan, een kleine twinkeling in zijn ogen. 'Soms,' zei hij gnuivend, 'lijkt het net alsof je werkelijk hersens hebt.' Hij bukte snel. Een zwaar wetboek vloog rakelings over zijn hoofd en klapte achter hem tegen de muur.

Op dat moment rinkelde de telefoon. Nog grijnzend nam De Cock de hoorn op.
Het was de wachtcommandant. 'Ik heb hier beneden een jongeman,' toeterde hij. 'Gewond. Hij moet nodig naar het ziekenhuis. Maar hij wil eerst met jou spreken. Het gaat over Delszsen.'
'Wie is het?'
'Van der Duijn.'
De Cock smeet de hoorn op het toestel en rende de kamer uit. Vledder volgde in zijn kielzog.

'Naar het Binnengasthuis. Vlug.'
De Cock keek bezorgd naar de student en monsterde het bleke gezicht. 'Hoe is het?'
Van der Duijn sloot de ogen. 'Het gaat wel.' Zijn stem klonk zacht, fluisterend.
De wagen trok gierend door een bocht. De Cock drukte de jonge student tegen zich aan, voelde aan zijn kleren het bloed dat uit de wond sijpelde. 'Stommerik,' siste hij hartgrondig. 'Waarom ben je eerst naar de Warmoesstraat gekomen? Je had rechtstreeks naar het ziekenhuis moeten gaan.'
De student trok zijn oogleden op. 'Ik wilde eerst u zien!'
'Waarom?'
'Ik weet wie Alex Delszsen vermoordde.'
'Wat?'
Van der Duijn knikte vermoeid. 'Haverman... hij... eh, hij...'
De Cock slikte. 'Heeft hij ook dit gedaan?'
De jongeman verkrampte. Zijn mond zakte open. De uitdrukking van pijn op zijn gezicht vergleed. Langzaam zakte hij voorover.
De Cock hield hem vast, drukte hem omhoog en klapte met zijn vrije hand tegen zijn wang. 'Van der Duijn... heeft hij ook dit gedaan?'
De student antwoordde niet, hing slap tegen hem aan.
'Heeft hij ook dit gedaan?'
Ze reden de poort van het gasthuis binnen en stopten knarsend voor het gebouw van de eerste hulp.

'Ik heb een hekel aan een arrestatie die ik later niet kan waarmaken.'
'Hoe bedoel je?'
De Cock zuchtte. 'Ik voel er nog niets voor om Haverman te arresteren.'
Vledder gebaarde met beide handen. 'Van der Duijn zei duidelijk dat hij de man was die Alex Delszsen had vermoord. Dat was de reden waarom hij, gewond als hij was, eerst naar de Warmoesstraat kwam.'
De Cock knikte. 'Inderdaad. Maar verder zei hij niets. Hij zei niet waarop zijn bewering steunde. En een enkele uitroep is voor mij een te smalle basis voor een arrestatie. Als Van der Duijn mij had gezegd dat Haverman ook de man was die hem had gestoken, had ik beslist niet lang geaarzeld.'
Vledder wreef over zijn gezicht. 'Van der Duijn raakte bewusteloos.'
De Cock klemde zijn lippen op elkaar. 'Het kwam verrekt ongelegen.' Hij stond van zijn stoel op en begon door de kamer te stappen. 'Heb je al geïnformeerd hoe het met hem is?'
'Ja.'
'En?'
'Ze hebben hem onmiddellijk geopereerd.' Vledder grijnsde wat wrang. 'In het oude Binnengasthuis weten ze er wel weg mee. Er komt daar nogal eens een mannetje met een steekwond binnenvallen.'
'Levensgevaar?'
Vledder schudde het hoofd. 'Het valt mee. Het mes is op een rib gestuit. Dat is zijn geluk geweest.'
'Het was dus een reële moordpoging?'
Vledder knikte heftig. 'Heel reëel. De wond was dicht bij de hartstreek.'
De Cock bleef staan, staarde voor zich uit. Zijn gezicht stond ernstig. De rimpels in zijn voorhoofd waren verdiept. Het was alsof hij de dreiging van de moordenaar voelde, alsof hij zich voor het eerst bewust werd hoe gevaarlijk zijn tegenstander was, hoe vermetel. 'Mag Van der Duijn worden verhoord?'
Vledder keek hem aan. 'Als er geen complicaties zijn... morgen.'

Roelof Hans van der Duijn lag er witjes bij, zijn smalle borst en linkerschouder in een strak verband. Zijn lange haren waren nat van zweet, kleefden in slierten aan zijn gezicht. Om zijn bleke lippen speelde een glimlach. 'Dat heeft niet veel gescheeld,' zei hij zacht.
De Cock keek hem licht verwijtend aan. 'Waarom bent u niet naar mijn collega Vledder gegaan? Ik had u dat toch gevraagd.'
Er gleed een pijnlijke trek over het gezicht van de jonge student. 'Ik had u graag bij uw onderzoek terzijde gestaan. Het leek mij als toekomstig criminoloog een unieke kans. Het gebeurt niet dagelijks dat in je onmiddellijke omgeving een moord wordt gepleegd.'
De Cock knikte begrijpend. 'En toen dat niet doorging, besloot u zelf de moordenaar van Alex Delszsen te ontmaskeren.'
Van der Duijn zuchtte. 'Het staat eenieder vrij het recht te dienen. Het zijn uw eigen woorden.'
De Cock glimlachte. 'Het oplossen van een moord is geen eenvoudige zaak. Het vereist inzicht en vooral... vakmanschap.'
Van der Duijn keek verwonderd op. 'Ik studeer criminologie... ik ben bijna klaar.' 'En dat betekent?'
'Dat ik iets van misdaad weet.'
De Cock grinnikte. 'De gevangenissen zitten vol met mensen die iets van misdaad weten.'
Op de bleke wangen van de student kwam een blos. 'U weet best wat ik bedoel. Ik ben wetenschappelijk te werk gegaan. Ik ging uit van het motief. Het is een beproefde methode... ken het motief en u kent de dader.'
De Cock keek hem onderzoekend aan. 'En dat motief hebt u gevonden?'
Van der Duijn knikte voor zich uit. 'Ik heb eerst nauwkeurig overwogen wie er praktisch in de gelegenheid waren geweest Alex Delszsen vergif toe te dienen.'
'En?'
'Dat waren alle studenten van het dispuut.'
De Cock plukte aan zijn onderlip. 'En toen bent u nagegaan wie van hen een motief had.'
'Ja.'

'En u kwam tot de conclusie dat alleen vriend Haverman een gegronde reden had om Alex Delszsen naar een andere wereld te helpen.'
De jonge Van der Duijn drukte zich met zijn rechterarm iets omhoog. 'Het is een ideologische kwestie... een verschil van idee... beginsel.' De student pauzeerde even, likte aan zijn droge lippen. 'Delszsen, Haverman en ik vormden een soort driemanschap. We probeerden de studenten een stuk politiek bewustzijn bij te brengen. Delszsen was een begaafd redenaar en daarbij een uitstekend debater. Hij was in alle opzichten onze natuurlijke leider.'
'Tegen de zin van Haverman?'
Van der Duijn schudde heftig het hoofd. 'Nee, het leiderschap werd door Haverman niet betwist.'
'Wat dan wel?'
De student kneep zijn ogen even dicht. De wond deed hem pijn, belemmerde hem bij het spreken. 'Hoe zal ik u dat uitleggen,' zei hij vermoeid. 'Het is wat moeilijk. Ziet u, Delszsen vertegenwoordigde niets. Hij was geen spreekbuis van een of andere politieke richting, groepering of denkbeeld. Delszsen was Delszsen... een ideologie op zich.'
De Cock glimlachte. 'En dat verdroot Haverman.'
Van der Duijn wiste het zweet van zijn voorhoofd. 'Verdroot... het klinkt erg kinderlijk... een woord uit een kleuterversje.' Hij keek naar de oude rechercheur op, met een felle blik in zijn blauwe ogen. 'Studenten zijn geen haasjes uit een groen, groen knollenknollenland. Niet meer. Het wordt tijd dat de gevestigde maatschappij daar rekening mee houdt. Denkbeelden zijn voor ons heilig. Jonge mensen bezitten nog het vermogen zich met hart en ziel aan een bepaald idee te wijden... daarvoor te strijden. En zo nodig... te sterven.'
De Cock blikte terug. 'Of te moorden,' vulde hij aan.
De student sloeg zijn rechterhand voor het gezicht. 'Moord, moord,' riep hij gepijnigd, 'het komt steeds terug. Al maanden spreken wij bij ons in het dispuut over niets anders.'
De Cock keek hem schuin aan. 'U bedoelt toch moord als fenomeen... verschijnsel?'

Van der Duijn knikte met gesloten ogen. 'Daar begon het mee. Maar het werd een obsessie. Ik heb het u bij onze vorige ontmoeting al gezegd... het was te voorspellen. Na al die gesprekken over moord... moord als typisch menselijk gedrag... de daad moest volgen. Een echte moord kon gewoon niet uitblijven.'
'En het slachtoffer werd Alex Delszsen.'
Van der Duijn zuchtte diep. 'Wim Haverman is een pure anarchist. De non-conformistische houding van Delszsen beschouwde hij als verraad. Dat heeft hij mij vaak gezegd.'
De Cock keek hem onderzoekend aan. 'En wat zei hij tegen Delszsen?'
De student snoof. 'Als hij Delszsen zijn... eh, slappe houding verweet, lachte Alex. Politiek was voor hem geen ernstige zaak. Naast de liefde, de sport, filosofie, was voor Delszsen de politiek niet meer dan een ander toneel waarop hij kon schitteren. Een ander middel tot zelfverheerlijking.'
De Cock wreef met de pink over de rug van zijn neus. Hij had in de woorden van de jonge student een ondertoon beluisterd die onmiskenbaar duidde op haat, afgunst, jaloezie. Hij zweeg even en streek over zijn grijze haar. 'Ik begrijp het niet,' zei hij na een poosje, aarzelend. 'Haverman had zich toch gewoon van Delszsen kunnen distantiëren?'
Van der Duijn grijnsde. 'Hij kon niet om Delszsen heen. Wie van ons wel? Alex was te sterk... een te grote persoonlijkheid. Zijn invloed was enorm... nam steeds meer toe.'
De Cock keek op, schonk hem een wrange glimlach. 'Hij moest sterven.'
'Ja.'
'Omwille van *het* idee.'
De student hijgde. 'Verraad.'
'En daarom gaven jullie hem wat vergif.' De woorden van De Cock trilden van verachting.
Van der Duijn schudde het hoofd. Zijn ogen waren groot en angstig. 'Ik niet... ik niet.' Hij schreeuwde. Het geluid kaatste tegen de kale wanden van de ziekenzaal.
Dc Cock boog zich naar hem toe. 'Haverman.'
De student plukte nerveus aan zijn steile haar. Zijn tong gleed

langs zijn droge lippen. 'Wim... hij zou het doen. Ik wist niet dat hij een vergif zou gebruiken.'
De Cock knikte grijnzend. 'Maar met de moord... het typisch menselijk gedrag... ging u akkoord.'
Van der Duijn zakte terug op zijn kussen. Inbleek. Een kleine rode vlek in het witte verband om zijn borst werd groter. De wond begon weer te bloeden.
De Cock bezag het met bezorgdheid. 'Kan ik verder gaan? Of heb je liever dat ik nu wegga? Terugkom?'
De student schudde traag het hoofd. 'Vraagt u maar,' zei hij zacht. 'Ik moet het kwijt. Eerder heb ik toch geen rust.'
De Cock knikte. 'Wie heeft je gestoken?'
'Dat weet ik niet... ik weet niet wie mij heeft gestoken. Ik lag in bed. Ik sliep. Iemand moet heel zacht mijn kamer zijn binnengeslopen. Ik werd wakker van pijn in mijn borst en schouder. Ik streek tussen mijn pyjama en voelde alles nat. Ik trok het licht boven mijn bed aan en zag tot mijn verbijstering mijn handen vol bloed. De eerste momenten was ik in paniek. Maar dat duurde niet lang. Ik stapte uit bed en bekeek mijn borst in de spiegel. Ik zag een steekwond en besefte dat ik medische hulp nodig had. Ik deed een pleister op de wond en kleedde mij aan. Ineens werd mij duidelijk aan wie ik dat had te danken...'
'Haverman?'
Van der Duijn knikte. 'Begrijpt u... ik was de enige die wist dat hij Delszsen had vermoord.'

14

De Cock staarde voor zich uit, zijn hoofd rustend in zijn handen, zijn ellebogen steunend op zijn bureau. Rond zijn mond lag een ontevreden trek. Hij had het kriebelend, onbehaaglijk gevoel dat er iets niet klopte, dat er factoren waren die hij niet kende.
De jonge Vledder zat tegenover hem en raadpleegde de notities van het verhoor van Van der Duijn. Zo nu en dan keek hij op en monsterde het gezicht van zijn oudere collega. Hij begreep niet waarom De Cock aarzelde, niet tot actie kwam. De zaak lag toch duidelijk? 'Toen Delszsen aan vergiftiging stierf,' dacht hij hardop, 'begreep Van der Duijn dat Haverman de dader was.'
De Cock knikte. 'Hij moet het als een schok hebben ervaren,' zei hij peinzend. 'Ik geloof nooit dat Van der Duijn vooraf de consequenties van moord heeft overwogen.'
'En hij stemde ermee in?'
De Cock schonk hem een vermoeide glimlach. 'Zolang er in min of meer heftige debatten alleen nog maar werd gesproken, zolang...' Hij maakte zijn zin niet af, zuchtte diep. 'Spreken over moord is bepaald iets anders dan een moord begaan. Toen Alex Delszsen werkelijk stierf, kreeg Van der Duijn het benauwd. Hij voelde zich medeverantwoordelijk en schuldig. Het was een gewetenslast die hij niet kon dragen.'
Vledder keek naar hem op. 'Was dat de reden waarom hij op jouw weg naar Barsingerhorn stond te liften?'
'Dat neem ik aan.'
'Maar waarom noemde hij toen de naam Haverman niet?'
De Cock wreef langs zijn ogen. 'Het ging niet om de schuld van Haverman... het ging om zijn schuld, zijn geweten.'
Vledder knikte begrijpend. 'Maar zijn schuld zou nooit aan het licht komen, als Haverman niet als dader werd ontmaskerd.'
De Cock glimlachte. 'Heel goed,' zei hij bewonderend. 'Daarom wilde hij dat ik naar Amsterdam terugging om de zaak Delszsen te behandelen. Hij kende mijn reputatie als speurder

en verwachtte dat ik snel tot een oplossing zou komen. Begrijp je, de moordenaar van Delszsen werd dan gepakt, zonder dat hij verraad pleegde... verraad aan Haverman.'
Vledder staarde voor zich uit. 'Het had zijn dood kunnen zijn.'
'Je bedoelt de messteek.'
Vledder knikte. 'Als Van der Duijn aan jou de naam van de moordenaar had genoemd, had Haverman allang achter slot en grendel gezeten. Dan had hij deze moordaanslag niet meer kunnen plegen.' Hij keek naar De Cock op. 'Het lijkt mij zaak hem nu zo spoedig mogelijk te arresteren. Zolang Haverman vrij rondloopt, verkeert Van der Duijn in een voortdurend levensgevaar.'
'Je denkt dat Haverman de aanslag zal herhalen?'
Vledder gebaarde heftig. 'Dat lijkt mij nogal duidelijk.'
Op dat moment rinkelde de telefoon. De Cock nam de hoorn op. Het was de wachtcommandant. 'Ik heb hier beneden aan de balie een student,' schalde hij. 'Zijn naam is Van Marle. Hij vraagt naar jou. Hij wil met je praten.'
'Mooi, laat hem maar boven komen.' De Cock legde de hoorn neer. 'Beneden is een student, Van Marle. Hij vraagt naar mij. Hij is er toch ook een van het dispuut?'
Vledder knikte. 'Woont met Kluffert op de tweede etage.'
'Je hebt hem toch al verhoord?'
'Ja.'
'En?'
Vledder trok zijn schouders op. 'Niets. Hij dacht net als de anderen dat de dood van Alex Delszsen het gevolg was van zelfmoord. Hij was een wat kleurloze figuur, herinner ik mij. Veel wijzer ben ik destijds niet van hem geworden. Ik ben eerlijk gezegd benieuwd wat hij hier komt doen.'
De Cock glimlachte. 'We zullen het zo weten.'
Hij stond op en waggelde naar de deur. In het geribbelde glas schemerde een vaag silhouet. De Cock wachtte even. Op het moment dat er werd geklopt, rukte hij de deur met kracht open. Voor hem stond een verraste jongeman. Hij was gekleed in een ribfluwelen broek en een lange zwarte trui met een hoge boord. Zijn voeten staken in sandalen.

De Cock bekeek hem demonstratief van onder tot boven, hooghartig, vernederend, met een flauwe, bijna geamuseerde glimlach om de lippen. 'Student van Marle?' vroeg hij met opgetrokken wenkbrauwen.
De jongeman knikte bedeesd. 'Hendrik Jan van Marle.'
De oude speurder boog. 'Komt u binnen. Mijn naam is De Cock... met ceeooceekaa. Mijn collega Vledder kent u al?'
'Wij hebben al kennis gemaakt, ja.'
'Mooi,' riep De Cock luidruchtig, 'heel mooi.' Hij pakte een stoel en zette die bijna in het midden van de kamer. 'Gaat u zitten,' zei hij gebarend. 'U komt ons dus nu de waarheid vertellen?'
De jongeman nam wat aarzelend plaats.
'Ja... ja,' zei hij stamelend. 'Dat... eh, dat is te zeggen.'
De Cock stoof plotseling op, woedend. *'Dat is te zeggen,'* brulde hij, *'dat is te zeggen.* U hebt maar één ding te zeggen... de waarheid.'
Van Marle schrok zichtbaar. Wat angstig keek hij naar de briesende De Cock omhoog. 'Ja, ja,' stotterde hij onthutst, 'natuurlijk... de waarheid. Ik... eh, ik bedoelde alleen maar te zeggen dat ik tijdens het verhoor een paar dagen geleden tegen uw collega niet heb gelogen.'
De Cock grijnsde. 'Het verzwijgen van de waarheid is ook een leugen.'
Van Marle knikte traag, onzeker. 'Dat is waar,' zei hij zacht.
De Cock liep een paar maal om de student heen, snuivend, stampend als een vertoornd man. Na een poosje ging hij in zijn stoel zitten, zijn ellebogen steunend op zijn bureau, zijn gezicht in de plooi van een overspannen donderwolk. Maar zijn woede was gespeeld, een pose om de jonge Hendrik Jan van Marle te imponeren.
De Cock bekeek de ineengedoken gestalte voor hem op de stoel en bedacht dat het hem aardig was gelukt. Hij besloot van tactiek te veranderen. Met een vermoeid gebaar wreef hij met een grove hand over zijn breed gezicht en schudde droef het hoofd.
'Sorry,' mompelde hij verontschuldigend,' oprecht sorry. Ik verloor even mijn geduld. Dat is dom. Ik weet het. U moet het mij maar niet kwalijk nemen.' Hij zuchtte diep. 'Ziet u, dit is een vrij ingewikkelde zaak, lastig... geloof me, heel lastig.' Hij pau-

zeerde even, glimlachte beminnelijk. 'Men dreigt dan wel eens de goede toon te verliezen.' De veranderde stemming van De Cock, de welwillende vriendelijkheid die hij tentoonspreidde, miste haar uitwerking niet. Het beurde de jongeman zichtbaar op. Er verscheen zelfs een lachje op het smalle gezicht van de jonge Van Marle en zijn houding werd zelfbewuster. 'Ik begrijp het,' zei hij, 'dit is voor u inderdaad een akelige affaire. Gecompliceerd. Vooral ook door de...' hij weifelde even, 'de verkeerde impressie die wij van het begin af van de zaak hebben gegeven. Het was een pure misleiding.'
De Cock glimlachte geamuseerd. 'U bedoelt die zelfmoordtheorie.'
Van Marle knikte. 'U moet dat goed begrijpen, meneer De Cock. De gedachte aan moord... een echte moord, leek ons zo dwaas. Ongelooflijk. Het was alsof niemand van ons dat kon... of wilde aanvaarden. Daar kwam nog bij dat wij ons dispuut niet in diskrediet wilden brengen. Daarom besloten we in gezamenlijk overleg om bij een eventueel verhoor door de recherche sterk te suggereren dat Delszsen zelfmoord had gepleegd.'
'U speelde daarbij de moordenaar aardig in de kaart.'
De student knikte beschaamd. 'Ik heb mij dat later gerealiseerd. U moet bedenken... het besluit om zelfmoord te suggereren is in een impuls genomen. Ik geloof niet dat een van ons daar dieper bij heeft nagedacht. Het was echt niet de bedoeling een eventuele moordenaar te beschermen. Per se niet. Wij van het dispuut... wij waren allen een beetje in de war. Politie, recherche, het leek allemaal zo indringend. We wilden er zo gauw mogelijk van verlost zijn.'
De Cock knikte begrijpend. 'Wat deed u van gedachten veranderen?'
'Hoe bedoelt u?'
De Cock trok zijn wenkbrauwen op. 'U komt ons nu toch vertellen wat u weet?'
Van Marle verschoof wat onrustig op zijn stoel. 'Na gisteravond... na gisteravond is het mij duidelijk geworden dat er snel iets gedaan moet worden. Anders gebeuren er nog meer ongelukken.'
'Wat was er gisteravond?'

Van Marle slikte. 'Een hysterische bende. Ik kan het niet anders noemen. Het leek wel of ze gek waren geworden.'
'Wie?'
'Wij, van het dispuut. Ik was ook in de war. Het kwam door Van der Duijn. We zaten bij elkaar en spraken over de dood van Delszsen. Plotseling sprong Van der Duijn op en zei dat hij wist wie Alex had vermoord.'
'En toen?'
'Er ontstond een hevig tumult. Van der Duijn zag zo bleek als een doek. Hij zei dat hij de moordenaar de kans wilde geven zichzelf bij de politie te melden. Als de moordenaar dat niet deed, zou hij, Van der Duijn, naar de politie stappen om te zeggen wat hij wist.'
'Hoe reageerde men?'
Van Marle zuchtte. 'Zoals ik al zei... een tumult. Enkelen van ons drongen erop aan dat hij onmiddellijk de naam van de dader zou noemen, maar Van der Duijn weigerde. Hij herhaalde zijn dreigement. Toen draaide hij zich om en ging naar zijn kamer. Ik bleef met de anderen nog wat bijeen. We spraken over wat Van der Duijn had gezegd. Er hing een vreemde, wat gespannen sfeer. Het was alsof we allen voelden dat er iets in de lucht hing. Tegen twaalf uur gingen we naar bed. Dat is vrij ongewoon, moet ik zeggen, maar niemand van ons scheen nog lust te hebben het gesprek onderling voort te zetten.'
De jonge student staarde voor zich uit, kauwde op zijn onderlip. Langzaam schudde hij het hoofd. 'Ik kon de slaap niet vatten. Ik lag maar te woelen. Alles wat zich de laatste dagen in het dispuut had afgespeeld, spookte door mijn hoofd. Ik vroeg mij af hoe Van der Duijn kon weten wie Delszsen had vermoord. Waar had hij die wetenschap vandaan? En toen, ineens, in een flits, besefte ik dat hij in groot gevaar verkeerde. Als Van der Duijn de waarheid had gesproken... als hij werkelijk wist wie Delszsen had vermoord...'
Van Marle plukte nerveus aan zijn trui. Zweetdruppels parelden op zijn voorhoofd. 'Ik ging de trap op, naar de zolder, naar zijn kamer. De deur stond open. Het licht brandde. Van der Duijn was er niet. Zijn bed lag opengeslagen. Op het kussen en het

laken zaten bloedvlekken. Ik riep... ik schreeuwde... Van der Duijn... Van der Duijn, waar ben je? Ik gilde het hele dispuut wakker. Plotseling stootte ik met mijn voet tegen iets hards op de vloer...'

Van Marle stond van zijn stoel op. Bevend trok hij iets uit zijn broekzak omhoog. Het was verpakt in een papieren servetje. Hij deed een paar passen naar het bureau van De Cock en rolde het servetje open. Het was een mes... een smal scherp mes. Aan het lemmet kleefde bloed. Van Marle wees er naar met trillende vingers. 'Het is... het is van Kluffert.'

15

Rechercheur De Cock reageerde nauwelijks. Hij schoof zijn dikke onderlip naar voren, vatte het papieren servetje aan een van de hoeken vast en trok het smalle mes naar zich toe. Hij boog zich naar voren en bekeek het aandachtig. In het geronnen bloed was een duidelijk papillairlijnenbeeld zichtbaar.

Van Marle slikte. 'Ik vrees,' zei hij zacht, 'dat die vingerafdruk van mij is. Ik ben niet erg zorgvuldig geweest. Ik heb het mes opgeraapt zonder erbij na te denken.'

De Cock keek naar hem op. 'Wie waren erbij toen u het opraapte?'

'Niemand... niemand heeft ook gezien dat ik het had. Ik hield het in de mouw van mijn pyjama verborgen.'

'Waarom?'

Van Marle trok wat sullig zijn schouders op. 'Ik weet het niet. Ik had gewoon het gevoel dat ik het niet moest laten zien.'

De Cock streek met zijn hand over zijn kin. 'Waren ze er allemaal? Ik bedoel, toen u riep, kwamen toen alle studenten van het dispuut naar boven?'

Van Marle staarde peinzend voor zich uit. 'Ja... allemaal... behalve dan Van der Duijn. Hij was verdwenen... Ik neem aan dat hij op eigen kracht het huis heeft verlaten. Ziet u, ook zijn kleren zijn weg.'

De Cock knikte. 'Hij ligt met een messteek in het ziekenhuis.'

'Ernstig?'

'Het valt mee. Als alles goed gaat, mag hij over een paar dagen het ziekenhuis weer verlaten.'

'Kan ik hem bezoeken?'

De Cock schudde het hoofd. 'Ik heb opdracht gegeven dat niemand bij hem mag komen. Hij wordt dag en nacht door ons bewaakt. U begrijpt, we willen niet het risico lopen...'

'U hebt al met hem gesproken?'

'Ja.'

'En... wie was het?'
De Cock antwoordde niet direct, glimlachte. 'Dat,' loog hij vriendelijk, 'willen we nog even geheim houden.' Hij keek naar de student op. 'Gaat u weer zitten. Ik wil nog eens ernstig met u praten. Uiteindelijk bent u medeverantwoordelijk voor hetgeen is gebeurd.'
'Ik?'
De Cock knikte. 'Gelukkig dat wij op die zelfmoordsuggesties van u en de anderen niet al te serieus zijn ingegaan...' Hij keek over het hoofd van de jonge student heen naar een blozende Vledder, 'het had ons onderzoek ernstig kunnen belemmeren. Van wie was eigenlijk het idee?'
'Om zelfmoord te suggereren?'
'Ja.'
De student tastte nadenkend naar het hoofd. 'Shepherd... ja, Shepherd. Hij was het. Hij kwam met het voorstel.' Van Marle zweeg even, staarde voor zich uit in het niets. 'Ik geloof dat wij allen er direct mee instemden, juist omdat het voorstel van hem kwam.'
'Hoezo?'
De student glimlachte. 'Delszsen en Shepherd... voor ons een begrip. Zoiets als Laurel en Hardy, Van Gend en Loos, Johnny en Rijk. Toen Shepherd het voorstel deed, was het alsof hij namens Delszsen sprak, begrijpt u, zo nauw waren in onze gedachten die twee met elkaar verbonden... verweven tot een eenheid.'
De Cock reageerde niet direct. Hij overwoog de woorden van de jonge student en trachtte zich een beeld te vormen van de onderlinge verhoudingen in het dispuut. 'Laurel en Hardy,' zei hij aarzelend, 'Johnny en Rijk... U noemde komische duo's. Had de relatie Delszsen en Shepherd iets lachwekkends... iets komisch?'
Van Marle grinnikte. 'Delszsen was veruit de meerdere van Shepherd... in elk opzicht. Hij liet dat trouwens wel blijken ook. Het was voor ons wel eens amusant om aan te horen hoe Alex Delszsen Shepherd bejegende... vaak neerbuigend... Ik zou bijna zeggen... meestal neerbuigend, soms zelfs vernederend,

maar haast altijd geestig.' Hij maakte een wat verdrietig gebaar. 'Shepherd verdroeg dat. Hij wel. Hij adoreerde Delszsen... wilde nooit een kwaad woord over hem horen.'
De Cock knikte begrijpend. 'Als ik goed ben ingelicht,' zei hij voorzichtig, 'werd er de laatste tijd in het dispuut nogal dikwijls over het onderwerp "moord" gediscussieerd. Misschien een zuiver toeval... maar gezien in het licht van de moord op Alex Delszsen toch hoogst merkwaardig. Wie bracht het onderwerp moord steeds ter sprake tijdens die discussies?'
Van Marle haalde zijn schouders op. 'Dat is moeilijk te zeggen,' antwoordde hij peinzend. 'Plotseling zit men midden in de problematiek en dan is het achteraf moeilijk na te gaan wie het onderwerp aanvankelijk aanroerde.'
De Cock krabde zich achter in de nek. 'Er bestond,' zei hij traag, 'over het onderwerp *moord* weinig eenstemmigheid. Ik heb gehoord dat de debatten heftig waren, fel, op het onfatsoenlijke af. De meningen liepen blijkbaar nogal uiteen.'
'Inderdaad.'
De Cock gebaarde. 'Wat waren de grootste twistpunten?'
Van Marle staarde naar het plafond, trachtte kennelijk de disputen weer in zijn herinnering te laten herleven. 'Kluffert...' zei hij nadenkend, 'Kluffert en Delszsen... zij waren de onverzoenlijkste tegenstanders.'
'In welk opzicht?'
'Delszsen verdedigde een stelling die hij *het recht van zelfmoord* noemde.'
'Het *recht* van zelfmoord?'
Van Marle glimlachte. 'Ja, *het recht van zelfmoord*, zo noemde Delszsen dat. Volgens hem had de mens op aarde slechts één werkelijk bezit... zijn leven. Hij kreeg dit leven bij zijn geboorte en behield het tot aan zijn dood. Wat de mens zich ook in die tijd vergaarde, slechts het leven behoorde hem werkelijk in eigendom toe. De mens, als individu, bezat dat leven als een exclusief recht, volkomen soeverein, en kon daar dus naar believen over beschikken.'
De Cock knikte. 'Dus ook vernietigen.'
Van Marle zuchtte. 'Precies... het recht van zelfmoord.'

De Cock glimlachte hem toe. 'U wilt,' zei hij zoet sarcastisch, 'toch niet opnieuw een zelfmoordsuggestie doen?'
Van Marle schudde verontwaardigd het hoofd. 'Nee, nee,' riep hij afwerend, 'absoluut niet. Ik geloof niet dat Delszsen zelfmoord pleegde. Ik tracht slechts de diverse standpunten weer te geven, omdat ik dacht dat het uw interesse had.'
De Cock maakte een verontschuldigend gebaar. 'Het heeft mijn interesse,' zei hij vriendelijk. 'Gaat u door.'
Van Marle verschoof iets op zijn stoel. 'Kijk,' vervolgde hij, 'dat dispuut over zelfmoord vloeide voort uit de debatten over moord. U begrijpt dat Alex Delszsen, die leven als een onvervreemdbaar recht van elk individu beschouwde, zich ook onmogelijk kon verenigen met zoiets als de doodstraf. Hij was daarvan een vurig tegenstander en noemde elk doodvonnis eenvoudig een staatsmoord. Trouwens elk doden van een medemens, in welke vorm ook, hoe ook gemotiveerd, was voor hem een moord... en dus verwerpelijk.'
De Cock keek de jonge student onderzoekend aan. 'Dat klinkt toch wel prettig. Vindt u niet?'
Van Marle knikte heftig. 'Zeker,' riep hij enthousiast, 'heel prettig. Als toekomstig medicus was ik het ook volkomen met Alex eens.'
'Wie dan niet?'
'Kluffert... zoals ik al zei... op grond van zijn geloofsovertuiging... en dan Haverman.'
De Cock trok zijn wenkbrauwen op. 'Haverman?'
De jonge student knikte bevestigend. 'Haverman vond dat er omstandigheden waren waaronder moord wel aanvaardbaar was.'
De Cock trok een vies gezicht. 'Moord... aanvaardbaar?'
Van Marle gebaarde voor zich uit. 'Haverman studeert rechten, moet u weten. Hij kwam met het begrip *noodweer*.'
De Cock glimlachte opgelucht. 'Noodzakelijke verdediging,' citeerde hij, 'van eigen of anders lijf, eerbaarheid of goed.'
Van Marle knikte. 'Precies, zo was het. Hij bracht het geloof ik wel beroemde voorbeeld ter tafel van twee eenzame schipbreukelingen op een klein vlot midden in een onmetelijke oceaan.

Het vlotje is zo nietig, dat het slechts één man kan dragen. Met beiden op het vlot zinkt het onherroepelijk. Een van de schipbreukelingen zal dus moeten loslaten en verdrinken. De vraag... wie?'
De Cock grijnsde breed. 'Wanneer de ene schipbreukeling de andere... in feite dus uit lijfsbehoud van het vlotje stoot en laat verdrinken, is hij niet strafbaar. Zijn daad is dan volkomen gerechtvaardigd.'
'Dat zei Haverman, ja.'
De Cock lachte. 'Ik ken het voorbeeld, maar ik vermoed zo, dat vriend Haverman zijn colleges in het recht slecht volgt. Dit is namelijk niet een voorbeeld van *noodweer*, maar van *overmacht*.'
Van Marle lachte mee. 'U zult wel gelijk hebben. Het verschil tussen overmacht en noodweer zegt mij als leek niet zoveel. Wetten hebben trouwens niet mijn interesse.'
De Cock knikte traag. 'Dat begrijp ik. Voor een aanstaand medicus zijn ze niet zo interessant. A propos... hoe reageerde Delszsen op het voorbeeld?'
Van Marle schudde krachtig het hoofd. 'Hij wilde er niets van weten. Niemand had volgens hem het recht, onder welke omstandigheden dan ook, over het leven van zijn medemens te beschikken... ook niet op een wankel vlotje te midden van een onmetelijke oceaan. Het bleef moord... pure moord.'
De Cock keek de student onderzoekend aan. 'Wat moest er volgens Delszsen in het gegeven geval gebeuren?'
De student glimlachte. 'Alex draaide de zaak om. Hij zei dat de ene schipbreukeling de ander niet mocht toestaan een moordenaar te worden. Zij dienden beiden het wankele eenmansvlotje af te wijzen en verder te zwemmen tot hun krachten het begaven. Volgens Delszsen was het beter dat beiden stierven dan dat een van hen overleefde met de schuldenlast een medemens te hebben gedood.'
De Cock knikte peinzend voor zich uit. 'Dit klinkt zeer ethisch.'
Van Marle streek met de rug van zijn hand over zijn voorhoofd. 'Ja, zeer ethisch. Zo was Delszsen. Hij verdedigde zijn standpunt meesterlijk en, zoals altijd, met veel allure. Maar hij kon toch niemand tot zijn mening bekeren. Men was algemeen van

oordeel dat men in zo'n geval niet van moord kon spreken en dat zijn benadering van het probleem in strijd was met de menselijke natuur.' De student pauzeerde even, grinnikte zachtjes. 'Tot Delszsens zichtbare verbazing was zelfs Shepherd het dit keer niet met hem eens.'
'Was dat zo ongewoon?'
'Jazeker. Shepherd ging nooit tegen de mening van Delszsen in. 'Van Marle gnuifde. 'Wat Delszsen deed, was welgedaan. Shepherd vond gewoonlijk alles goed. Bijna slaafs. Maar hij diende die avond Alex toch goed van repliek. We stonden er verbaasd van. Hij bracht zelfs een nieuw element in het geding.'
'Een nieuw element?'
Van Marle trok rimpels in zijn voorhoofd. 'Het was nogal ingewikkeld, herinner ik mij, haast filosofisch. Shepherd vond moord in bepaalde omstandigheden niet alleen aanvaardbaar, maar in sommige gevallen zelfs niet te vermijden. Wanneer iemand zijn leven in ernstige mate door een ander zag bedreigd, zodat er in feite slechts sprake was van de keuze "hij of ik" – dan achtte hij moord zelfs geboden... een dwingende eis... ook al was de daad op zich niet in overeenstemming met het geweten van de dader. Volgens Shepherd kon de dader gebukt gaan onder de morele last van zijn daad, terwijl hij toch diezelfde daad verstandelijk volkomen aanvaardbaar achtte. Als een duidelijk voorbeeld hiervan noemde hij de roman *Schuld en Boete*, waarin een intelligente, zachtaardige student een oude geldschietster vermoordt.'
De Cock wreef met duim en wijsvinger in zijn ooghoeken. Het was een vermoeid gebaar. 'Moord,' zei hij loom, 'het onderwerp is schier onuitputtelijk. Overigens... ik maak u mijn compliment. U hebt een uitstekend geheugen. Bewonderenswaardig. Wat was eigenlijk uw persoonlijke standpunt?'
'Inzake moord?'
'Ja.'
Van Marle gebaarde zuchtend. 'Het leven is heilig. Niemand heeft het recht daarover te beschikken... ook het individu zelf niet. Verder was ik het in grote trekken wel met Delszsen eens.'
Een tijdlang zaten ze zwijgend tegenover elkaar... de jonge student Van Marle, de lome, wat vermoeide De Cock. Schuin

achter de stoel van de student zat Vledder. Hij maakte aantekeningen. Buiten in de Warmoesstraat klonk het rumoer van een jengelende jukebox. Flarden muziek drongen vaag, vervormd tot de recherchekamer door. Soms werden ze overstemd door het schelle gegiechel van *business*-meiden en het lallend gezang van benevelde lieden.
'Alex Delszsen...' zei De Cock peinzend, 'een markante, haast indringende persoonlijkheid. Ik had hem graag in leven ontmoet... misschien begreep ik dan meer van zijn dood.' Hij schonk de student een matte glimlach. 'Vertel me eens... hoe was uw houding tot hem?'
Van Marle tuitte zijn lippen. 'Vriendschappelijk... ja, zo kunt u het wel noemen. Hij klaagde bij mij nog wel eens zijn nood.'
'Nood?'
'Ja, Alex meende bij zichzelf al tekenen van lichamelijk verval te bespeuren.'
De Cock keek de student verwonderd aan. 'Lichamelijk verval,' herhaalde hij verbaasd. 'Delszsen was nog geen drieëndertig jaar.'
Van Marle knikte. 'Hij was van mening dat zijn vitaliteit de laatste maanden wat te wensen overliet. Hij meende dat hij niet meer zoveel... eh, zoveel liefdeskracht had als vroeger.'
De Cock schoot in de lach. 'En wat heeft onze toekomstige medicus daaraan gedaan... als therapie?'
Van Marle maakte een komisch gebaartje. 'Ik heb hem een tonicum voorgeschreven.'
'Een tonicum?'
'Ja.'
Het gezicht van De Cock veranderde plotseling. De geamuseerde trek om zijn mond verdween. De lijnen van zijn gezicht werden ineens strak, ernstig. 'En heeft hij uw raad opgevolgd?'
'Zeker. Hij heeft een fles tonicum gekocht. Hij heeft hem mij op zijn kamer laten zien. Een grote fles. Hij verwachtte er, geloof ik, wonderen van.'
Over het hoofd van de jonge student heen keek De Cock even naar Vledder, die gebarend was opgestaan en achter de rug van Van Marle heftig stond nee te schudden. Daarna richtte hij zijn

blik weer op de student. 'Waar,' vroeg hij dwingend, 'waar is die fles tonicum gebleven? In zijn kamer werd hij niet gevonden.'
Van Marle haalde verbaasd zijn schouders op. 'Die fles moet er zijn,' antwoordde hij resoluut. 'Ze was nog lang niet leeg.'
De Cock staarde de student aan. Zijn gezicht had geen uitdrukking, maar zijn hersenen werkten op volle toeren. Ineens, in een felle gedachteflits, raadde hij de oplossing, wist hij waar het tonicum was... en een angstig voorgevoel maakte zich van hem meester. Het verlamde hem... even maar. Toen sprong hij op en rende naar de deur. 'Schiet op,' schreeuwde hij naar Vledder, 'voor het te laat is.' Met rappe bewegingen schoof hij de lange gang door. Vledder volgde hem op de voet.
Van Marle bleef achter, alleen, op zijn stoel midden in de grote recherchekamer. Met zijn mond halfopen van verbazing zag hij er wat dom uit.

16

De oude Zorghdrager was dood, akelig dood.
Hij lag in de huiskamer van zijn woning aan de Brouwersgracht, met zijn hoofd bij een uitgedoofd kacheltje en zijn benen bij een omgetrokken stoel. Zijn smal gezicht met de tanige huid was verkild in een grijns, vreemd, afstotelijk, haast demonisch. De lange spitse onderkaak lag schuin vooruitgeschoven op de blauw gezwollen vingers van zijn linkerhand. Een sliertje bloederig slijm kroop uit de halfopen mond, bedekte het glinsterend geel van een smalle trouwring. De oude Zorghdrager was dood, akelig dood, en De Cock huiverde zichtbaar. Hij had in zijn lange leven als rechercheur honderden lijken van nabij moeten onderzoeken... maar daarbij was er geen zo afzichtelijk, zo afgrijselijk als dit.
Met zijn handen steunend op zijn knie kwam De Cock langzaam uit zijn gebukte houding omhoog.
Zijn blik gleed door het kamertje. Scherp, systematisch, met een bijna fotografische nauwkeurigheid nam hij alles in zich op. Elk detail, hoe gering ook, had zijn volle aandacht. Hij eist wat hij in het woninkje van de oude man zou moeten vinden, wat er per se moest zijn, omdat zijn angstige voorgevoelens zo gruwelijk waren bewaarheid. Hij vond het. Op een klein tafeltje bij de muur, schuin onder de oude verrekijker aan het vettige riempje, stond de fles... de grote fles met tonicum, die zo spoorloos uit de kamer van Delszsen was verdwenen. De Cock bleef er lange tijd naar staan kijken, onbeweeglijk, met een haast starre uitdrukking op zijn gezicht. Het was alsof die fles hem biologeerde, vasthield in hypnose.
Achter hem stond Vledder. Zijn neusvleugels trilden en kleine zweetdruppeltjes parelden op zijn voorhoofd. Hij was achter zijn oude leermeester aangehold, had diens malle capriolen in het verkeer gadegeslagen, had soms angstig de ogen gesloten bij schier onmogelijke situaties op de weg, maar hij had al die tijd niet begrepen waarvoor die dolle rit door de stad diende.

Totdat... totdat hij het lijk had gezien... dat afschuwelijke lijk en de fles... half gevuld met een roodbruine vloeistof... tonicum, dodelijk tonicum, zo begreep hij, vermengd met parathion. 'Vergiftigd,' hijgde hij toonloos. 'De oude Zorghdrager is vergiftigd.'
Ook De Cock knikte traag. Het leek alsof hij uit een soort verdoving ontwaakte. 'Ook hij...' herhaalde hij met een zucht, 'ook hij... arm factotum... tweede slachtoffer van een laaghartige moordenaar.' Hij draaide zich langzaam om en keek peinzend naar de verkrampte gestalte op de vloer. 'Weet je, Vledder,' zei hij zacht, 'mensen zoals wij, in ons vak, wij zouden begenadigd moeten zijn met een uitzonderlijk verstand. En dat niet alleen om misdaden op te lossen, maar misschien veel meer nog om zaken zoals deze te voorkomen. Dit is, jammer genoeg, niet de eerste keer in mijn leven dat ik te laat kwam.'
Vledder keek hem verwonderd aan. 'Jij wist toch niet dat dit zou gebeuren, De Cock? Of wel?'
De Cock keek op, fel, zijn ogen flikkerden. 'Ik wist net zoveel als jij,' antwoordde hij scherp. 'Ik wist dat het gif dat Alex Delszsen doodde, door jou niet in zijn kamer was gevonden. Ik vond dat vreemd en peinsde mij suf waar het kon zijn gebleven. Maar wat mij in feite het meest bezighield was de vraag: Hoe kreeg Delszsen het gif toegediend?' Hij grijnsde breed en keek de jonge Vledder spottend aan. 'Als moordenaar kun je nu eenmaal moeilijk tegen je toekomstige slachtoffer zeggen: "Kom joh, neem van mij eens een slokje parathion, je gaat er zo fijn kapot van."' Zijn stem droop van puur sarcasme. 'Dat kan je moeilijk zeggen. Het moest dus op een andere manier zijn gebeurd. Dat onze vriend Delszsen met zijn potentie sukkelde en daarom een tonicum gebruikte... zie je, Dick, dat...' hij keek op zijn horloge, 'dat weet ik nu alles bij elkaar een goed kwartier.' Hij beet wat nerveus op zijn onderlip. 'Te laat om deze oude man te redden.'
Vledder boog het hoofd. De bijtende, haast cynische toon van De Cock trof hem, maar deed geen pijn. Hij wist toch hoezeer zijn oude leermeester op hem was gesteld. Nee, wat hem beschaamd deed zijn, wat hem in feite verdriette, was zijn eigen onmacht,

zijn gebrek aan inzicht, waardoor hij zijn zoveel oudere collega niet altijd kon volgen. Het gebeurde maar al te vaak dat hij De Cock niet begreep en aarzelend tastte naar diens ware bedoelingen. Dat ergerde hem... dat ergerde hem meer dan de sarcastische toespelingen die – zo wist hij – de oude speurder slechts lanceerde om hem te prikkelen zijn verstand te gebruiken.
'Maar,' zei hij aarzelend, 'hoe wist je dat je de fles met tonicum hier zou vinden?'
De Cock schudde het hoofd. 'Ik wist het niet,' zei hij traag. 'Ik had alleen een angstig vermoeden en hoopte vurig dat de oude man nog niet van het tonicum had gedronken. Vandaar die dolle rit. Het vermoeden dat de oude Zorghdrager het tonicum had, was echt geen slag in de lucht. Het lag een beetje in de lijn.'
'In de lijn?'
De Cock knikte voor zich uit. 'De oude Zorghdrager was een voyeur, een ordinaire gluurder, die stiekem in de beslotenheid van zijn eigen woninkje van verre genoot van Delszsens amoureuze avonturen. Zoals we weten was Alex Delszsen nogal vertrouwelijk met de oude Zorghdrager. Hij zal hem zeker van het tonicum hebben verteld en vermoedelijk de stimulerende werking daarvan danig hebben overdreven. Zei van Marle niet: "hij verwachtte er wonderen van"?'
Vledder glimlachte triest. 'Dat zei hij.'
De Cock gebaarde met zijn wijsvinger voor zijn neus. 'Kijk,' zei hij aarzelend, 'het feit dat de oude Zorghdrager na de dood van Alex de onderjurk van Ella Rosseling uit diens kamer weghaalde, bracht mij aan het denken. Het leek zo zinloos. Wat moest een oude man met een zwart zijden onderjurk met kant? Wat moest hij ermee? Zo ogenschijnlijk niets. Tenzij hier sprake was van identificatie.'
Vledder keek hem niet begrijpend aan. 'Identificatie?'
De Cock knikte heftig. 'De oude Zorghdrager, zo begreep ik, spiegelde zich aan het seksuele gedrag van Alex Delszsen. Het was voor hem een voorbeeld... een onnavolgbaar voorbeeld, want de oude bezat natuurlijk niet meer het vermogen van de jeugd.' De Cock streek met zijn hand door zijn grijze haar. 'Misschien kun je je herinneren dat ik aan hem vroeg of hij

buiten de onderjurk na de dood van Alex nog andere dingen uit diens kamer had weggehaald. De oude ontkende dat, maar ik had toen al het gevoel dat hij niet de waarheid sprak. Pas toen Van Marle van het tonicum vertelde, begreep ik wat de oude Zorghdrager had weggenomen.'
Vledder slikte iets weg. 'Het tonicum,' zei hij toonloos, 'het met parathion vergiftigde tonicum.'
De Cock knikte. Hij pakte de fles aan het uiteinde van de hals vast en tilde haar omhoog. 'Stimulerend,' las hij van het etiket, 'opwekkend, schenkt nieuwe levenskracht.'
Ze staarden beiden naar het lijk. Het grijnsde onafgebroken.

Een enkel telefoontje naar de officier van dienst bracht de gerechtelijke meute op drift. Ze waren er allen binnen een halfuur: politiechefs in alle gradaties, officieren van justitie, andere ambtenaren van het openbaar ministerie, leden van de rechterlijke macht, deskundigen. Ook Bram van Wieligen, de fotograaf, en Ben Kreuger van de Dactyloscopische Dienst waren er. Zij werkten.
In een mum van tijd was het smalle kamertje propvol. Alleen dokter Rusteloos, de oude patholoog-anatoom, zeer deskundig lijkensnijder, ontbrak nog. Maar hij was al op weg naar het sectielokaal.
De Cock stond wat terzijde, glimlachte vriendelijk tegen de heren en luisterde welwillend en met geveinsde aandacht naar de meest dwaze suggesties. Hij kende de leden van de meute en wist in welke plooi hij zijn gezicht moest houden.
Terwijl de heren zich nog verdrongen, verschenen er twee ijzige broeders van de Geneeskundige Dienst. Ze wurmden zich zonder veel plichtplegingen door de opeengehoopte autoriteiten en bonden de oude Zorghdrager zwijgend op een brancard. De manier waarop zij daarna het lijk van de oude man langs steile trapjes manoeuvreerden, getuigde van een rijke ervaring en veel vakmanschap. De Cock gaf Vledder een wenk. Onopgemerkt verlieten ze het gewoel.
Buitengekomen zoog De Cock zijn longen vol frisse lucht. Hij was blij dat hij weer op straat stond. De atmosfeer boven in het

kleine kamertje was bepaald benauwend. Hij stak de weg over en liep naar de wallenkant. Daar bleef hij staan. Met zijn handen in de zakken van zijn broek, het voorhoofd vol diepe rimpels, keek hij over het troebele water naar de andere kant van de gracht. Achter de ramen van het studentenhuis zag hij vage schimmen, onherkenbaar van die afstand. 'Dispuut *Hora ruit*.'
Vledder stond naast hem. 'De tijd verstrijkt,' vertaalde hij.
De Cock klemde zijn lippen op elkaar. 'Zo is het,' zei hij verbeten. 'We zullen de luitjes van het dispuut eens gaan vertellen dat ze naar een ander factotum moeten omzien.'

17

Student Van Gelder schudde triest het hoofd. 'Arme heer Zorghdrager... dood. Verschrikkelijk. Hij was zo'n vriendelijke en zorgzame oude baas. Het is gewoon niet te geloven. Wanneer is hij overleden?'
'Vannacht... denk ik. Wanneer hebt u hem voor het laatst gezien?'
'Gistermorgen, ja, om een uur of tien. Ik kwam hem beneden in de gang tegen. Hij vroeg of ik nog wat nodig had. Hij haalde altijd boodschappen, weet u. En als we wat nodig hadden...' De student zuchtte. 'Waaraan is de oude gestorven?'
'Vergiftiging.'
Van Gelder keek verbaasd op. 'Vergiftiging?'
De Cock grijnsde een beetje vals. 'Parathion... een insecticide.'
'Net als Delszsen.'
De Cock knikte traag. Vanonder zijn borstelige wenkbrauwen keek hij de student onderzoekend aan. 'En niet vrijwillig... niet als een grotesk protest tegen milieuvervuiling, maar omdat... omdat hij iets van zijn jeugd dacht terug te vinden.'
Johan van Gelder kleurde. 'Geen heroïsche zelfmoord, bedoelt u.' Hij glimlachte wat verlegen. '1k begrijp dat u en uw collega er niet in wilden geloven.'
De Cock ging op de rand van het bed in de kamer zitten. Hij schoof zijn oude hoedje wat naar achteren en keek omhoog. 'Waar is vriend Haverman?'
'Dat weet ik niet.'
De Cock gebaarde. 'We waren hiernaast in zijn kamer. Het leek ons toe dat hij vannacht niet thuis heeft geslapen.'
Van Gelder liet zich in een oude rieten stoel zakken. 'Dat... eh, dat is ook zo,' zei hij weifelend. 'Wim Haverman is weg. Na die affaire met Van Duijn heb ik hem niet meer teruggezien.'
'Gevlucht?'
De student nam zijn bril af en bewasemde de glazen. 'Wat verwacht u dat ik antwoorden zal?'

De Cock sprong op. Zijn ogen schoten vuur. Zijn anders zo goedmoedig uiterlijk verstarde in toorn. 'De waarheid... verdomme... je denkt toch niet dat we opnieuw van plan zijn naar verhaaltjes van je te luisteren.' Hij greep de student bij zijn slobbertrui vast en trok hem omhoog. 'Nogmaals... waar is Haverman?'
Johan van Gelder zag bleek. De woedeuitval van De Cock had hem verrast. 'Ik... eh, ik weet het niet,' herhaalde hij wat beverig. 'Gelooft u mij... ik weet niet waar Wim Haverman is. Ik heb hem die nacht zien weggaan. Dat is alles. Hij leek mij nogal overstuur.'
'Hoezo?'
'Hij... eh, hij deed wat vreemd, vond ik, verward. Hij zei dat alles verkeerd was... fout. En dat ik de groeten moest doen aan de anderen.'
'En toen?'
'Toen ging hij weg.'
De Cock liet de student los. Hij liep naar de wand en bekeek de reproductie van een Renoir. Na een poosje draaide hij zich om. 'Parathion,' zei hij langzaam, 'is een insecticide... een snelwerkend, uiterst dodelijk vergif. U weet dat, meneer Van Gelder. Als toekomstig bioloog kent u de destructieve werking ervan op het organisme. U weet ook hoe eenvoudig het is het gif te bemachtigen... toe te dienen.' Hij kwam van de wand vandaan, traag, sloom. Voor de student bleef hij staan, wijdbeens, in een houding vol dreiging.
'Meneer Van Gelder... had u reden Alex Delszsen naar het leven te staan?'
De student keek naar hem op. Zijn onderlip trilde een beetje. 'En dacht u dat ik parathion zou gebruiken?'
De Cock reageerde fel. Hij boog zich met een ruk naar voren. 'Dat is geen antwoord op mijn vraag,' siste hij. 'U moet...' Plotseling hield hij in. Zijn ogen draaiden weg. Hij had in de aangrenzende kamer een gerucht gehoord, een vaag geluid van schuivende voetstappen. Hij bracht zijn lippen bij het oor van Van Gelder en gebaarde in de richting vanwaar het geluid kwam.
'De kamer van Haverman?'
De student knikte. 'Daar is iemand,' hijgde hij.

De Cock kwam langzaam uit zijn gebukte houding overeind en stapte de kamer uit. Vledder volgde voorzichtig. Op hun tenen slopen ze door de smalle gang. Voor de deur van de kamer van Haverman bleven ze staan en luisterden. Het geluid van voetstappen was nu duidelijk. Behoedzaam drukte De Cock de kruk omlaag. Even weifelde hij nog, toen duwde hij de deur met kracht open.
Midden in de kamer stond een jonge vrouw. Een koffer in haar hand. Een zonnestraal danste speels op het kastanjebruine haar. Ze staarde verbaasd naar de beide mannen in de deuropening. Het leek alsof de aanblik haar verlamde. Langzaam gleed de koffer uit haar hand, zakte met een plof op de vloer.
De grijze speurder glimlachte. 'Mijn naam is De Cock,' zei hij vriendelijk.
Vledder naast hem grijnsde breed. 'Met ceeooceekaa,' vulde hij aan. In zijn ogen twinkelde een lichte spot.

De Cock liep om haar heen, bewonderde haar frêle, bijna jongensachtige gestalte. Na de rondgang bleef hij voor haar staan en plooide zijn gezicht in een uitdrukking vol vriendelijke aandacht. 'Wie bent u?'
Ze trok haar hoofdje iets op en schudde het lange haar uit haar gezicht. Ze had zich duidelijk van de schok hersteld. De blik uit haar lichtbruine ogen was koel, bijna uitdagend. 'Ik ben Louise... Louise van Camerijk,' zei ze pittig. 'Loes voor mijn vrienden.'
De Cock glimlachte. 'U woont hier?'
'Nee.'
De grijze speurder veinsde verbazing. 'Kunt u ons dan een verklaring geven voor uw aanwezigheid in dit vertrek?'
Ze aarzelde even, hield haar hoofd iets schuin. 'Kunnen,' zei ze langzaam, 'kunnen wel. Ik ben alleen niet van plan het te doen.'
De Cock fronste zijn wenkbrauwen. 'Dat lijkt mij niet verstandig. Als u mij geen verklaring geeft, zal ik uw aanwezigheid hier moeten interpreteren, begrijpt u. Ik zal dan zelf naar een verklaring moeten zoeken.'
Ze trok haar schoudertjes op. 'U gaat uw gang maar.' Het klonk nonchalant, onverschillig.

De Cock plooide zijn dikke lippen tot een tuitje. Voorzichtig vatte hij haar bij de arm. In zijn ogen lag een droeve blik.
'Louise van Camerijk,' sprak hij plechtig, 'ik arresteer u wegens huisvredebreuk... casu quo poging tot diefstal.'
Ze keek naar hem op, haar mond halfopen. 'Dat kunt u niet menen.'
De Cock knikte met een strak gezicht. 'Ik meen het,' zei hij droevig. 'U laat mij geen andere keus. Hoe moet ik uw aanwezigheid hier anders verklaren?'
Ze rukte haar arm los, verloor iets van haar zelfbeheersing. 'Ik ben geen dievegge... en u weet dat.'
De Cock zuchtte. 'Ik weet,' sprak hij geduldig, 'dat u met een lege koffer deze kamer bent binnengedrongen en ik vermoed dat u, zonder onze tussenkomst, de kamer weer had verlaten...'
Vledder grinnikte... met dezelfde koffer,' vulde hij aan, 'volgepropt met kleding en andere zaken, die vriend Haverman bij zijn overhaast vertrek had achtergelaten.'
Een moment stond ze besluiteloos. Haar blik gleed van De Cock naar Vledder en weer terug. 'Oké,' zei ze gelaten, 'u hebt gelijk. Ik kom de spulletjes van Wim halen.'
'Heeft hij u gestuurd?'
'Ja.'
De Cock boog zich naar haar toe. 'U weet dus waar Haverman is?'
Ze zette een rij fraaie tandjes in haar onderlip. 'Wim heeft het niet gedaan.'
'Wat?'
'Hij heeft Alex Delszsen geen gif gegeven. En hij heeft ook niet gestoken.' Louise van Camerijk schudde heftig het hoofd. 'Zoiets doet Wim niet.'
De Cock keek haar van opzij aan. 'Waarom verbergt hij zich dan?'
Ze slikte. 'Roel is gek.'
'Van der Duijn?'
Ze knikte. 'U moet hem niet geloven.'
De Cock reageerde fel. 'Wat moet ik niet geloven,' vroeg hij sarcastisch, 'die steekwond bij zijn hart?'
Ze stampte op de vloer, driftig, als een kind. 'Dat heeft hij niet gedaan.' Ze schreeuwde. 'Dat zei ik toch. Wim heeft niet gestoken.'

De Cock perste zijn lippen op elkaar. 'Hij had er alle reden toe,' snauwde hij. 'En de tijd drong. Van der Duijn had aangekondigd dat hij de politie zou inlichten.'
Ze sloeg plotseling beide handen voor haar gezicht en begon te huilen. 'Het is fout,' snikte ze, 'helemaal fout.'
De Cock ging onbarmhartig door. 'Toen Haverman besefte,' sprak hij hard, 'dat zijn aanslag was mislukt en dat Van der Duijn nog leefde, raakte hij in paniek en vluchtte.'
Louise van Camerijk keek met een betraand gezicht naar hem op. Ze leek opeens kalm, vreemd, bijna onnatuurlijk. 'Wim had mij gezegd dat u zo zou denken.' Ze knikte voor zich uit. 'Politiemensen denken zo.' Haar diepe stem klonk hees. 'Misschien moet dat wel... misschien is het wel goed... misschien kan je als politieman gewoon niet anders denken.' Ze keek opnieuw omhoog naar De Cock. 'Maar het is niet waar, het is niet waar.' Ze stoof tegen hem op, furieus, trommelde met haar kleine vuisten tegen zijn brede borst. 'Het is niet waar.'
De Cock liet haar begaan. Toen haar woede was uitgewerkt, leidde hij haar kalm en beslist naar een fauteuil en dwong haar plaats te nemen. Hij ging tegenover haar op de rand van het bed zitten. 'Ik begrijp uw verwijt niet,' zei hij zacht, vriendelijk. 'De politie denkt zoals Wim Haverman verwachtte dat zij zou denken. Is dat niet mooi? Nu vertelt u mij dat die gedachte verkeerd is... wel, ik sta open voor suggesties.'
Ze veegde met een zakdoekje langs haar ogen en streek het lange haar uit haar gezicht. 'Wim is een warhoofd,' sprak ze rustig. Een vermoeide glimlach speelde langs haar lippen. 'Misschien is het daarom, dat ik zoveel van hem hou. Hij is zo eerlijk... zo enthousiast... zo vol idealen. Hij zou de hele aarde wel met zijn blote handen willen omwoelen als hij maar dácht daarmee de wereld te kunnen veranderen.'
De Cock knikte begrijpend. 'Anders dan Delszsen.'
Er gleed een schaduw over haar gezicht. 'Delszsen was Delszsen terwille van Delszsen.'
De Cock keek haar aan. 'Een knappe analyse.'
Haar wangen kregen wat kleur. 'Alex had geen echte grote idealen. Hij was niet bezield, niet fanatiek.'

'En dat moet?'
Er blonk vuur in haar ogen. 'Natuurlijk... dat moet. Echte idealen laten geen concessies toe. Daar offer je je helemaal aan op. Daar moet alles voor wijken.'
'Ook de liefde?'
Ze aarzelde even. Bij haar mondhoeken trilde een zenuwtrek. 'Ook de liefde.'
De Cock dacht na, streek met zijn pink over de rug van zijn neus. 'Hoe... eh, hoe goed hebt u Alex Delszsen gekend?'
Ze keek op. Een blik vol wantrouwen. 'Wat bedoelt u daarmee?'
De Cock maakte een wat nonchalant gebaartje. 'Niet meer dan ik vraag... hoe goed hebt u Alex Delszsen gekend?'
Louise van Camerijk sloeg haar ogen neer. Haar smalle vingers friemelden aan de rand van haar rokje. 'Heel goed,' zei ze zacht, fluisterend, 'heel goed. Alex was mijn vriend.'
'En u verbrak die vriendschap terwille van Haverman?'
'Ja.'
'En daarmee was het uit... af?'
Ze schudde traag het hoofd. 'Alex drong nog steeds aan... wachtte mij op na het college... schreef mij brieven. Alex... Alex kon geen verlies verdragen.'
De Cock knikte begrijpend. 'En Haverman wist dat?'
'Wat?'
'Dat Alex Delszsen u nog steeds benaderde.'
Ze keek de grijze speurder aan. Ineens was alle kleur weer uit haar gezicht verdwenen. Haar grote lichtbruine ogen waren vol angst. Vertwijfeld schudde ze het hoofd. 'Nee,' hijgde ze, 'nee... dat is het niet. Nee... u denkt weer verkeerd. U begrijpt het niet... u weet niet...' Ze sloeg opnieuw haar handen voor haar gezicht en begon te huilen. De Cock stond op, ontmoette de verwijtende blikken van Vledder. 'Wat is er?' vroeg hij zacht.
De jonge rechercheur schudde het hoofd. 'Moest dat nou?' siste hij. De Cock liep langs hem heen de gang op. Voor de tweede keer die dag had hij behoefte aan frisse lucht.

18

De Cock zat achter zijn bureau in de grote recherchekamer, enigszins dwars, met zijn benen op een uitgeschoven lade, en wreef langs zijn kuiten. De oude speurder had vermoeide voeten. Het was alsof een gros venijnige duiveltjes met sadistisch genoegen de ballen van zijn voeten en de ronding van zijn kuiten als speldenkussens gebruikten. Ze prikten aan alle kanten. De pijn kroop langs zijn scheenbenen omhoog en trilde in de holte van zijn knieën. Een verlammend gevoel, dat hem somber stemde. Het was een slecht teken, wist hij.
Als de zaken naar wens verliepen, voelde hij zijn voeten niet. Dan kon hij uren-, ja dagenlang langs 's Heren wegen sjouwen zonder dat hij iets van zijn trouwe onderdanen merkte. Maar wanneer het slecht ging, wanneer hij het niet meer wist, wanneer hij het gevoel had steeds verder van de oplossing weg te drijven, dan...
Hij keek omhoog naar Vledder, die naast zijn bureau stond. 'Was je niet tevreden vanmiddag?'
De jonge rechercheur trok wat onwillig zijn schouders op. 'Het meisje maakte op mij een goede indruk. Lief, zacht, een beetje hulpeloos. Ik vond dat je haar wat hard aanpakte.'
De Cock knikte. 'Dat vond ik ook. Maar twee doden en een poging tot moord laten weinig ruimte voor sentiment. Heb je nog afspraken gemaakt?'
'Ze komt vanavond om tien uur naar bureau Warmoesstraat en neemt haar vriend Haverman mee.'
'Zo... dat is knap.'
'Ze heeft het mij uitdrukkelijk beloofd. Maar onder één voorwaarde.'
'En dat is?' vroeg De Cock.
'Dat je hem niet arresteert.'
'Wat heb je gezegd?'
Vledder glimlachte fijntjes. 'Dat we nooit *onschuldige* mensen arresteren.'

De Cock plukte aan zijn onderlip. 'Heel mooi. Een diplomatiek antwoord.'
'Dacht je dat Haverman schuldig was?'
De Cock maakte een kriegelig gebaar. 'Dat weet ik niet.'
'Hij vluchtte.'
De Cock knikte. 'Dat kan ook angst zijn.' Hij tilde zijn vermoeide voeten uit de lade van zijn bureau en schoof zijn stoel wat naar achteren. 'We kunnen gerust aannemen,' vervolgde hij, 'dat Haverman met Van der Duijn wel eens de mogelijkheid heeft overdacht om zich van Delszsen te ontdoen. Er werd in het dispuut vrijwel voortdurend over moord gesproken. Toen Delszsen werkelijk werd vermoord, trok Van der Duijn zijn conclusie... de dader was Haverman. Het lag voor de hand. Maar denk je nu eens de situatie van Haverman in wanneer hij onschuldig is.'
Vledder knikte voor zich uit. 'Ellendig. Vooral na de aankondiging van Van der Duijn dat hij de politie zou inlichten.'
'Precies. Van der Duijn manoeuvreerde Wim Haverman in een dwangpositie. Let wel... in alle gevallen... schuldig of onschuldig. Daarom... de vlucht van Haverman naar zijn vriendinnetje behoeven we niet per se in zijn nadeel uit te leggen. Het kan ook angst zijn geweest.'
'Angst voor ons?'
'Ja, angst voor een arrestatie.'
'Wil je hem nu uitsluiten?'
De Cock schudde heftig het hoofd. 'Zeker niet. Haverman kan de man zijn geweest die Delszsen vergiftigde. Hij is een bijna ideale verdachte, vooral wanneer niet de politieke tegenstellingen, maar Louise de inzet van de moord vormde.'
Vledder zuchtte. 'Het is vrijwel zeker dat hij Van der Duijn stak.'
'Waarom?'
'De aankondiging van Van der Duijn sloeg op Haverman. Hij had er belang bij dat Van der Duijn voor eeuwig zijn mond hield.'
De Cock schoof zijn dikke onderlip vooruit. 'Tenzij... tenzij nog iemand anders van het dispuut zich door de uitlatingen van Van der Duijn bedreigd voelde.'
Een tijdlang zwegen ze. Verzonken in gedachten.

'Ik zou graag even terug willen komen op de dood van de oude Zorghdrager.' Het gezicht van de jonge Vledder had een peinzende uitdrukking. 'Er zijn mij een paar dingen niet helemaal duidelijk.'
De Cock keek naar hem op. 'Zeg het maar.'
Vledder schoof zijn stoel bij en ging zitten. 'Als ik vanmiddag goed naar je heb geluisterd,' begon hij, 'was het de moordenaar niet om de dood van de oude man te doen. Ik bedoel, het was geen moord in de ware betekenis van het woord. Het was een ongelukje.'
De Cock knikte. 'Zo zou je het kunnen noemen,' zei hij traag. Wettelijk kom je hoogstens tot *dood door schuld*. Zie je, de dader kon niet weten dat de oude Zorghdrager het tonicum uit de kamer van Delszsen zou wegnemen. Dat kon hij onmogelijk voorzien.'
Vledder wreef langs zijn kin. 'Ik begrijp het niet,' zei hij wat kriegel, 'waarom liet de moordenaar het vergiftigde tonicum in de kamer achter. Waarom haalde hij de fles niet weg? Het was toch gevaarlijk wat hij deed. Het tonicum had, wanneer het direct door ons was gevonden, een sterke aanwijzing in zijn richting kunnen zijn. Bovendien liep hij nog het risico *onschuldige* slachtoffers te maken. Denk maar aan de oude.'
De Cock streek met de rug van zijn hand langs zijn neus en zuchtte. 'De oude Zorghdrager was te begerig, te snel. Hij was de moordenaar gewoon een stap voor. Je moet bedenken dat de dader pas wist dat zijn boze opzet was geslaagd, wanneer hij van de dood van Delszsen hoorde. Eerder niet. Door de parathion met het tonicum te vermengen was de dader nooit zeker van het tijdstip waarop zijn slachtoffer het gif tot zich nam. Hij moest gewoon afwachten tot Alex Delszsen zin kreeg in zijn drankje.'
Vledder knikte begrijpend. 'Toch sluw,' zei hij bewonderend, 'om voor de toediening van het gif gebruik te maken van het tonicum. Ik wed dat Delszsen niets heeft gemerkt... niets heeft geproefd. Het tonicum zelf heeft al een vreemd smaakje.'
De Cock antwoordde niet. Hij wreef nog eens langs zijn kuiten en stond langzaam op. 'Scharrel jij broer en zus Kluffert voor mij op en zorg dat ze vanavond om tien uur hier aan het bureau zijn. Ik wil met ze praten.'
'Ook om tien uur?'

De Cock knikte. 'Ook om tien uur.' Hij slenterde naar de kapstok en trok zijn regenjas aan.
Vledder volgde zijn bewegingen. 'En waar ga jij heen?'
De oude speurder schonk hem een vermoeide glimlach. 'Ik heb trek in een cognacje.'
Een uit het westen zeilend, steeds massiever wordend wolkendek had het vriendelijke blauw aan de hemel verdrongen. De zon was schuilgegaan achter een dikke, grauwe, pluizige massa, waaruit gestaag een miezerig regentje drupte. De Cock stond op de diep uitgesleten stoep van het oude politiebureau en staarde naar het smalle strookje lucht boven de Warmoesstraat. Het zag er vies uit. *'O land van mest en mist,'* citeerde hij. Het was de enige versregel van De Genestet die hij uit zijn jeugd had onthouden. Hij knoopte zijn oude regenjas dicht, bond de ceintuur als een touw om zijn middel en trok zijn regenhoedje op zijn oren. Zo glipte hij de Heintje Hoekssteeg in.
De moord op Alex Delszsen zat hem dwars. En dat om meer dan één reden. Op de eerste plaats hield hij niet van gifmoorden. Ze waren hem te anoniem, te onpersoonlijk, te weinig emotioneel. En ten tweede stond hem het milieu niet aan. O, hij had niets tegen studenten. Zeker niet. Hij kon hun soms dwaze invallen wel waarderen... zolang het spel bleef. Maar spelen deden ze niet meer. Het studentikoze spel was verdwenen... had plaatsgemaakt voor ernst... grauwe ernst en agressie. Een van hen had Alex Delszsen vermoord. Koelbloedig, akelig koelbloedig en sluw geraffineerd. De Cock peinsde. Alex Delszsen... de laatste vrijbuiter. De eeuwige student van de oude stempel. Een man die leven nog met een hoofdletter schreef. Er was in feite geen motief, althans... zo leek het, want bij studenten wist men het nooit. Ze pasten zo weinig binnen het geijkte gedragspatroon. Ze waren vaak zo revolutionair, opstandig, en hanteerden een afwijkend normenpakket. Volgens welke code werd Alex Delszsen vermoord? Hij zuchtte diep. Hoe kwam hij daar ooit achter?
Aan het einde van de Heintje Hoekssteeg bij *Onse Lieve Heer op Solder* sloeg hij rechtsaf en slenterde de Oude Zijds Voorburgwal op. Voorbij het beruchte Oudekerksplein met zijn hoeren rond de kerk, nam hij het bruggetje naar de Oude Kennis-

steeg. Het regende steeds intenser en hij was blij dat hij op de Achterburgwal zijn stamkroegje bij de Barndesteeg in het oog kreeg. Hij had echt trek in een paar glaasjes uit de fles cognac Napoleon die Smalle Lowietje speciaal voor hem onder de tapkast had gereserveerd. Cognac stimuleerde zijn denken. Misschien dat een paar glaasjes uit zijn gedachten een aardig ideetje losweekten. Hij had het nodig.
Hij streek met zijn hand over zijn natte gezicht en grinnikte zachtjes voor zich uit. Het moest toch komen. Ergens moest toch een oplossing zijn.
Door een spleet in de dikke, met leer afgezette gordijnen schoof hij de gelagkamer binnen. Hij keek even rond en hees zich op een kruk aan de bar. Hij had zo zijn vaste plek, aan het eind, een beetje achteraf.
Smalle Lowietje streek met zijn handen langs zijn morsige vest en kwam opgewekt naar hem toe. Op zijn vriendelijke muizengezicht lag een brede grijns. 'Nou, meneer De Cock, hoe was het? Hoeveel loeresen hebt u eruit gewipt?'
De Cock bedacht plotseling dat hij na zijn kort visverlof niet meer in de zaak van Lowietje was geweest. Hij had het eenvoudig te druk gehad. 'Schenk eerst eens in,' zei hij lachend, 'dan zal ik je van mijn vissof vertellen.'
De tengere caféhouder pakte de fles oude cognac en zette twee glazen op de tapkast. Hij dronk altijd een glaasje met de speurder mee. Klokkend schonk hij in.
De Cock keek toe. Hij hield van de manier waarop Smalle Lowietje de fraaie fles hanteerde. Het was een ceremonieel, bijna devoot gebaar.
Ze namen het glas op, keken elkaar in de ogen... de oude rechercheur... de wat louche caféhouder... en lachten.
'Op de misdaad.' Het was hun gebruikelijke toast.
Toen het fluwelen vocht langs zijn dorstige keelgat was gegleden, vertelde De Cock van de snoeken die hij niet had gevangen.
Lowietje lachte hartelijk. 'En dan zeggen ze nog dat vissen stom zijn.' Hij sloeg van plezier op de tapkast. 'Van mij kunnen ze d'r wat van. Als ú ze niet kunt vangen, zijn ze voor mij bijdehanter dan menig penozejochie.'

De Cock lachte mee en genoot van zijn cognac. Het leven was alles bij elkaar nog zo slecht niet, vond hij. Men moest het niet te ernstig nemen. Dat was het. Hij nam nog een tweede glaasje en voelde hoe de stekelige pijn uit zijn voeten wegtrok. Het bracht hem in een wat zonniger humeur. 'Schenk nog eens in,' riep hij tegen Lowietje. 'Ik heb dit spul te lang gemist.'
Smalle Lowietje gehoorzaamde met de welwillendheid van een kastelein.
Na het derde glaasje voelde De Cock hoe de 'mest en mist' van De Genestet uit zijn denken wegtrok. Hij was weer bereid de wereld wat fleuriger te bekijken. Hij kon achter de wolken weer de zon zien. Maar verder wilde hij toch niet gaan. De hemel was niet helemaal blauw. Als een dreigende onweerswolk hing in het zwerk de moord... de gifmoord op Alex Delszsen.
Hij wenkte Lowietje naderbij. 'Ken jij ene Ella Rosseling?'
'Een *business*-vrouwtje?'
De Cock maakte een hulpeloos gebaartje. 'Dat neem ik aan.'
'Hoe ziet ze eruit?'
De Cock haalde zijn schouders op. 'Mooi... denk ik, en jong. En ze draagt zwarte glanzende onderjurken met kant'
Lowietje schoot in de lach. 'En meer aanwijzingen heb je niet? Ik bedoel... is dit alles?'
'Ik vrees van wel.'
De Smalle verzonk in gepeins. Hij dacht. Het was te zien. Zijn vriendelijke muizengezicht was pijnlijk verwrongen. 'Vraag eens aan Brabantse Truus,' zei hij na een poosje. 'Misschien kan zij je helpen. Ze heeft vaak jonge meiden voor het raam.'
De Cock nam op de valreep nog snel een vierde cognacje en gaf zijn vriend Smalle Lowietje tot afscheid een dreun op zijn tengere schouders. Toen waggelde hij het café uit. De zon in zijn hart. Een wolk aan elke voet.
Buiten bemerkte hij onthutst dat het nog steeds regende. Het was een ontnuchterende ervaring.

19

Het oude pandje van Brabantse Truus aan de Achterburgwal was een lief klein bordeeltje met een accommodatie voor drie hoertjes, die ieder een eigen vertrekje hadden, compleet met een zitje, een wasbak, een spiegel en een canapé. Alles netjes en onderhouden.
Brabantse Truus was een *skoon* mens en de vrouwtjes die zij toestond in haar *huusken* mannen te plezieren, waren door haar met zorg gekozen. Reinheid en zindelijkheid waren bij die keuze een overweging. Natuurlijk lette zij ook op uitspringende vrouwelijke bekoorlijkheden. Tenslotte exploiteerde Brabantse Truus haar bordeeltje niet uit charitatieve overwegingen.
De Cock kende haar al heel lang. Ze was een van die hoerenwaardinnen met wie de politie nooit last had.
Ze ontving de rechercheur in haar proper verblijfje, een soort kamerkeuken, waar ze alles bij de hand had... wisselgeld, zakjes condooms, servetjes en een zware ploertendoder voor extra lastige klanten, want Truus dreef de *business* alleen. De Cock legde zijn druipend hoedje op het aanrecht. 'Ik weet niet of ik bij jou goed ben.'
Ze keek hem ondeugend aan. 'Jij,' zei ze liefjes, 'jij bent bij mij altijd goed.'
De Cock glimlachte. 'Ik zoek Ella Rosseling.'
Ze knikte voor zich uit. 'Ella Rosseling,' herhaalde ze zangerig, 'dat klopt, die zit bij mij. Heeft ze wat uitgespookt?'
De Cock schudde het hoofd. 'Ik wil alleen even met haar praten.'
Ze stond op, schoof een gordijntje opzij en keek buiten in een spionnetje aan de muur. 'Je zult even moeten wachten. Ze heeft bezoek.'
De Cock knikte begrijpend. 'Kan het lang duren?'
Brabantse Truus lachte. 'Dat hangt ervan af hoe lief het mannetje is.'

De Cock grinnikte. 'Je bedoelt,' verbeterde hij, 'hoeveel geld hij bereid is uit te geven.'
Ze haalde haar schouders op. 'Nou ja... is dat niet hetzelfde?'
De Cock ging op het onderwerp 'lief mannetje' niet verder in, maar accepteerde gretig de koffie die Truus hem aanbood en ging aan haar tafeltje zitten.
'Melk en suiker?'
De Cock knikte. 'Het is geen weer voor de *business*,' stelde hij. 'Het giet buiten.'
Ze schonk room uit een zilveren kannetje. 'Och,' zei ze onderwijl, 'zij die hongeren komen toch wel.' Het klonk als een toepasselijke bijbeltekst. 'Je ziet het: al de meissies zijn bezet.'
De Cock slurpte behaaglijk aan zijn koffie. 'Hoe lang is ze bij je?'
'Ella Rosseling?'
'Ja'
'Bijna een jaar.'
'Waar komt ze vandaan?'
'Den Haag, geloof ik. Daar wonen haar ouders.'
'Meerderjarig?'
Ze grijnsde breed. 'Anders nam ik haar niet in huis.'
'Is ze getrouwd?'
'Nee.'
'Hoe oud?'
'Tweeëntwintig... pas geworden.'
'Een souteneur?'
'Brabantse Truus trok haar gezicht in een verbeten plooi. 'Komt er bij mij niet in. Als ik merk dat de meissies een *bikker* aan de hand hebben, gaan ze er bij mij uit. Ik moet geen ellende in mijn huis.'
De Cock glimlachte om de felle toon. 'Heb je wel eens van ene Alex Delszsen gehoord?'
'Nee... wie is dat?'
'Een student, lang, knap, donker.'
Ze schudde haar hoofd. 'De naam zegt mij niets.' Ze schoof een stoel bij en ging bij hem zitten. 'Er kwam hier wel een student.'
'Bij Ella?'

'Ja.'
'Hoe heette die student?'
Truus dacht na. 'Dat weet ik niet meer. De naam is mij ontschoten. Maar het was geen Delszsen.'
'Kwam hij regelmatig?'
'Nou... regelmatig... ik denk dat hij hier een of twee keer is geweest.'
De Cock plukte aan zijn onderlip. 'Gek... dat je dat nog weet.'
Ze trok haar rond gezicht in een grijns. 'Wat wil je... ik heb hem eigenhandig buiten de deur gezet.'
De Cock fronste zijn wenkbrouwen. 'Zo... waarom? Was hij lastig?'
Ze stak haar dikke kin vooruit en snoof. 'Dat zou ik denken. Hij komt hier binnen en gaat direct Ella te lijf. Zo, zonder meer. Greep haar bij de nek. Ik bezweer het je... hij had haar vermoord... als ik er niet direct bij was geweest. Verdomme... die jongen was compleet gek, woest, het schuim op zijn mond.'
'Ik heb er in de politierapporten niets van gelezen.'
Brabantse Truus glimlachte. 'Hier in huis knap ik mijn karweitjes zelf wel op. Mans genoeg, zou ik zo denken.' Ze drukte haar zware boezem vooruit en toonde haar biceps. 'Ik heb geen politie nodig.'
De Cock grinnikte om het vertoon van macht. 'Waarom deed die jongen zo gek?'
Ze haalde haar mollige schouders op. 'Weet ik veel. Dat heb ik allemaal niet gevraagd. Hij was woest op Ella. Hij schold haar uit voor rotmeid, slet, hoer...'
De Cock keek verwonderd. 'Die student?'
Truus grijnsde 'Wat dacht je... dat die niet konden schelden?'
De Cock knikte ernstig. 'Er moet toch iets zijn geweest?'
Brabantse Truus maakte een onverschillig gebaar. 'Dat moet je maar aan Ella vragen.'

'Mijn naam is De Cock...'
Ze lachte hem uitdagend toe. '...met ceeooceekaa,' vulde ze guitig aan. 'O, ik heb hier in de buurt hele verhalen over u gehoord. Van de meisjes dan... ze kennen u allemaal.'

'Een twijfelachtig genoegen.'
Ze lachte. 'Vindt u?'
De oude grijze rechercheur stond op de drempel van haar kleine kamertje. Breed, massief. Zijn markante postuur vulde de hele deuropening. Vanuit de hoogte keek hij op haar neer. Ze zat rustig op de canapé, aan het eind, met haar rug tegen de muur. Ze had haar lange, slanke benen hoog opgetrokken, de armen om haar knieën geslagen. In haar felgroene ogen glansde de verleiding, professioneel, maar daarom niet minder opwindend.
De Cock streek met de rug van zijn hand langs zijn droge lippen. Met enige moeite trok hij zijn gezicht in een ambtelijke plooi. 'Ik kom eens met je praten.'
'Waarover?'
'Alex Delszsen.'
Ze veranderde plotseling van houding en toon. Ze sprong op, griste een kamerjas van de wand en trok hem aan. 'Wie heeft jou van Alex en mij verteld?' In haar stem trilde achterdocht. 'Die ouwe viezerik?'
De Cock gebaarde lachend. 'Wie is die ouwe viezerik?'
Ella Rosseling klemde haar lippen op elkaar. 'Alex noemde hem zo... je weet wel, die oude man van het dispuut... die vent die daar alles regelt.'
De Cock knikte traag. 'Ik weet wie je bedoelt,' zei hij zacht. 'Maar die *ouwe viezerik* was het niet. De oude is dood. Hij stierf door hetzelfde gif dat een einde maakte aan het leven van Alex Delszsen.'
Ze schrok zichtbaar. 'O,' zei ze wat onthutst, 'dat... eh, dat wist ik niet, die oude man... dood. Wanneer? Goddorie... dat is wat. Verschrikkelijk. Ook vermoord?'
De Cock antwoordde niet. Hij had ontkend haar naam van de oude Zorghdrager te hebben gekregen. Het was een bewuste leugen.
Ella Rosseling trok rimpels in haar voorhoofd, dacht na, snel, en trok een verkeerde conclusie. 'Dan moet Mannie het hebben verteld,' reageerde ze fel. 'Van Alex en mij, bedoel ik. Hij was de enige die het wist.'
De Cock keek haar aan. 'Wie is Mannie?'

Ze glimlachte. 'Het is een scheldnaam.'
'Van wie?'
'Emanuel... Emanuel Shepherd, die zogenaamde vriend van Alex.'
De Cock peilde de uitdrukking op haar gezicht.
'Zogenaamde...? Was Shepherd volgens jou geen echte vriend van Alex?'
Zij grijnsde en schoof het haar uit haar gezicht. 'Hij is een gluiperd.'
De Cock maakte een grimas. 'Dat klinkt niet vleiend.'
Ze snoof verachtelijk. 'Die viezerik... hij had me bijna gewurgd... greep me hier in huis bij de keel... alleen omdat ik Alex had verteld wat een stumperd hij was.'
De Cock fronste zijn wenkbrauwen. 'Shepherd... een stumperd?'
Ze zuchtte diep. Haar boezem deinde op en neer. 'Ach ja,' zei ze wat wrevelig, 'het was stom van me. Ik had er beter niets van kunnen zeggen.' Ze schudde haar hoofd en trok haar kamerjas wat vaster om haar lichaam. 'Het was stom... gewoon hartstikke stom.'
Ze zweeg even. 'Kijk... zie je,' vervolgde ze aarzelend, 'meisjes zoals ik... wij willen ook wel eens wat. Zo is het toch?' Ze reikte iets voorover en klapte met haar vlakke hand op de canapé van haar werkkamertje. 'Dit... zie je, dit hier is *business*. Dat doet je niks. Daar sta je zelf eigenlijk buiten.' Ze glimlachte wat verlegen. 'En, zo ik zei, je wilt toch zelf ook wel eens wat. Ik ben tenslotte een gezonde vrouw, nietwaar.'
Ze zuchtte opnieuw. 'Bij Alex kon dat. Hij had daar begrip voor. Hij wist dat ik "in het leven" zat. Het kon hem niets schelen.'
Ze staarde wat dromerig voor zich uit. Haar gedachten verwijlden in een zoet verleden. Na een poosje ging ze verder: 'Alex Delszsen stelde Shepherd aan mij voor. "Mijn vriend Emanuel," zei hij, "we noemen hem Mannie."'
Ze grijnsde wat droevig. 'Ik zag direct dat hij geen vriend was.'
'Hoezo?'
Ze maakte een wrevelig gebaartje. 'Hij was te vriendelijk... te overdreven vriendelijk. Hij was vies... vleierig... kruiperig... glibberig. Begrijp je, het was allemaal niet echt. Nee... het stonk.'

Ze greep van het ronde tafeltje voor haar een pakje ongebanderolleerde Chesterfields en stak er een op. Haar vingers trilden. 'Ik kreeg wel gelijk. Een paar dagen later loopt die vriendelijke Shepherd langs de gracht en ziet mij zitten, hier, achter het raam. Hij wist natuurlijk niet dat ik in het leven zat. Ik zag zijn gezicht... één groot vraagteken. Hij bleef even voor het raam staan en kwam toen binnen... een grijns op zijn gluiperige smoel. "Wat kost het," vroeg hij.' Ze snoof verachtelijk. "Wat kost het..." ja, dat vroeg hij... de viezerik.'
Ze deed een felle haal aan haar sigaret. 'Ik had hem eruit moeten gooien... dat had ik moeten doen. Ik had hem moeten zeggen dat hij een deur verder moest gaan. Dat hij...' Ze maakte haar zin niet af.
'Je deed het niet,' zei De Cock gelaten.
Ze schudde haar hoofd. 'Nee... ik noemde een gek hoog bedrag. Ik dacht: dat schrikt hem wel af. Maar hij haalde met een stalen gezicht zijn portefeuille tevoorschijn en legde het geld hier voor mij op het tafeltje.'
'En?'
Ze lachte wat vals... een blik van triomf in haar ogen. 'Het werd geen succes. Toen het erop aankwam, kon hij er niets van.' Ze grinnikte. 'Je had hem moeten zien, het jochie... Emanuel. Hij stond daar met een rood hoofd, halfnaakt, te schutteren in zijn onderbroek. De stumperd.' Al haar verachting lag in dat ene woord. 'Stumperd... ik heb me rot gelachen. Met zijn staart tussen zijn benen is hij vertrokken. Zijn poen heb ik hem nagegooid.'
De Cock keek haar onderzoekend aan. 'En dat heb je Alex verteld?'
'Ja.'
'En Alex?'
Ze trok haar linkerschouder op. 'Hij zal het wel hebben doorverteld, want een dag daarna kwam Shepherd als een halve gek hier binnenstuiven en wilde me vermoorden.'
De Cock knikte traag. 'Vind je het gek?'
'Wat bedoel je?'
'Dat die jongen je wilde wurgen.'

Ze doofde haar sigaret in de asbak en keek langzaam op, haar felgroene ogen versluierd, haar mond halfopen. 'Nee,' zei ze zacht, hijgend, 'een man mag je niet dodelijk vernederen.'
De Cock nam afscheid en liep terug naar de deur. 'Zorg dat je vanavond om halfelf aan de Kit bent.'
'Ik?' reageerde ze verwonderd.
'Ja.'
'Waarom?'
'Ik wil je verklaring op papier laten stellen. Bovendien heb ik nog een paar vragen over koffie.'
'Koffie?'
De Cock knikte ernstig. 'Nog op de dag van zijn dood was jij bij Alex Delszsen op bezoek en maakte koffie voor hem klaar. Herinner je je? Beneden in de keuken.'
Er kwam een wilde blik in haar ogen. 'Nou en?'
De Cock zuchtte. 'Koffie met veel suiker... het is niet zo moeilijk daar wat vergif door te mengen.' Hij pauzeerde even voor het effect. 'Je wist toch dat het de laatste keer was... Alex had een andere vlam.'

20

Het wilde gekrijs van Ella Rosseling klonk hem nog in de oren. Trilde na. Hij gordde met trage bewegingen zijn oude regenjas vast en zette zijn verfomfaaid hoedje op zijn grijze hoofd.
Buiten viel de regen nog steeds uit een inktzwarte hemel. Alles was nat, klam, mistroostig. De keitjes van de gracht glommen in het schaarse licht van de straatlantaarns. De bomen dropen.
Met zijn handen diep in de zakken stapte De Cock voort, de kraag omhoog, het hoedje vlak boven zijn ogen. Waarheen? Hij wist het niet. Door zijn hoofd tolden duizenden gedachten. Hij voelde zich wat vreemd, opgewonden, gespannen. En wist niet waarom. Hij schoof de mouw van zijn regenjas iets omhoog en keek op zijn horloge. De wijzers in een kring van cijfertjes straalden hem fosforescerend tegemoet. Negen uur, las hij. Hij had nog ruim een uur. Dan kwamen Louise van Camerijk en Wim Haverman. Dan zouden ook Ernst Kluffert en zijn zuster er zijn. En dan had hij nog een halfuur voordat zij er was... Ella Rosseling, de kat. Hij sjokte voort. Wat ging die meid tekeer. Fel, wild. De reflectie van haar fosforgroene ogen... Ineens bleef hij staan, midden op de gracht, stijf, onbeweeglijk, als gevangen in een straal... een onzichtbare bliksemschicht, die alle beweging in hem versteende. Een standbeeld in de regen. Het duurde niet lang. Al na een paar seconden ontstolde het beeld en stapte hij verder, traag, waggelend, in die zacht deinende cadans... zo typisch voor De Cock.
Op de hoek van de Oudezijds Voorburgwal en de Lange Niezel keek hij opnieuw op zijn horloge. De groenig oplichtende wijzers en cijfertjes intrigeerden hem bovenmatig. Hij bezag ze met een haast kinderlijk plezier. Om zijn mond krulde een glimlach en in zijn grijze ogen twinkelden kleine, vrolijke pretlichtjes.

Brigadier Bijkerk lachte, toen hij De Cock druipnat zijn domein zag binnenstappen. 'Dat begrijp ik niet,' zei hij hoofdschuddend, 'dat jij je als ouwe rot nog laat natregenen.'
De Cock sloeg zijn hoedje uit. De druppels kletsten tegen de muur. Met een zakdoek veegde hij zijn nek droog. 'Is Vledder al terug?'
'Ik heb hem nog niet gezien.'
De Cock peinsde even. 'Heb je Van Dijk in de wacht?'
'Welke Van Dijk. Ik heb er drie.'
'Robert Antoine.'
De brigges raadpleegde zijn dienstboek. 'Hij moet er zijn. Hij zal wel ergens rondhangen. Zijn dienst eindigt pas om twee uur.'
'Dat komt goed uit. Als je hem ziet, stuur hem naar mij toe. Ik zit boven.'
De Cock wipte de beide trappen op naar de recherchekamer. Het ging kwiek... opmerkelijk kwiek voor zijn doen, met twee en drie treden tegelijk. Van zijn pijnlijke voeten was niets meer te merken. Boven knipte hij alle tl's aan en hing zijn kleddernatte regenjas aan de kapstok. Vandaar overzag hij peinzend het slagveld van stalen bureaus en schrijfmachines onder hoezen. Hij overdacht hoe de kamer er straks zou uitzien als hij zijn seance hield. Hij grijnsde breed. Het kon een mooie vertoning worden.
Hij hoorde voetstappen in de gang. Even daarna ging de deur open en Robert Antoine van Dijk stapte binnen. Hij zag er keurig uit in een donkerblauw pak, zwarte schoenen en een parelgrijze das.
De Cock keek hem verwonderd aan. 'Heb je feest?'
De jonge rechercheur knikte. 'Mijn trouwdag... we vieren het ieder jaar... mijn vrouw en ik.'
'In dat pak?'
Hij glimlachte wat verlegen. 'Het hoort erbij. Mijn vrouw blijft op. Als ik straks om twee uur van de dienst kom... hebben we nog een klein onderonsje samen. Een wijntje, een hapje... bij kaarslicht. Het is een soort traditie.'
'Hoe lang al?'
'Twee jaar... we zijn vandaag twee jaar getrouwd.'

De Cock keek hem aan. Hij wreef zich achter in de nek en vroeg zich af hoe de traditie er na vijfentwintig jaar zou uitzien. 'Ik hoop dat het vanavond niet te lang gaat duren. Ik wil je... eh, traditie niet in gevaar brengen.'
'Wat moet ik doen?'
De Cock ging achter zijn bureau zitten. 'Zoals je weet,' begon hij, 'ben ik bezig met een gifmoord op een jonge student. Iemand heeft het tonicum, dat de jongeman als medicijn gebruikte, vermengd met parathion. Dit gif is bij een onderzoek in het studentenhuis waar het slachtoffer woonde, niet teruggevonden. Het moet er uiteraard wel zijn geweest. Nu heeft het geen zin om je alle bijzonderheden over deze moord te vertellen. Je hebt dat ook niet nodig. Wat je moet doen is het volgende. Je vraagt beneden aan de brigadier een collega in uniform mee en rijdt met ons Volkswagenbusje naar het studentenhuis aan de Brouwersgracht. Je zet het busje pal voor de ingang neer. Dan kom je met veel bravour binnen en zegt dat je in opdracht van mij, De Cock, alle heren van het dispuut komt afhalen voor een bijeenkomst hier in de recherchekamer van het politiebureau aan de Warmoesstraat. Ik zal je een notitie geven met de namen van de studenten, die je moet hebben.'
Hij zette een vel papier in de schrijfmachine voor hem en typte de namen zorgvuldig uit. 'De mogelijkheid bestaat dat de student Kluffert er niet meer is. En van student Haverman weet ik dat je hem zeker niet zult treffen. Maar dat is niet erg. Je vraagt wel naar hen. En als men in het dispuut zegt dat ze er niet zijn, schrap je ze eenvoudig van je lijstje. Overigens zorg je ervoor dat ze allen meekomen. Je laat niemand... luister goed... niemand in het huis achter. Begrepen?'
'Volkomen.'
De Cock zuchtte. 'Ik geloof niet dat ze zo zonder meer met je mee zullen gaan. Het zou mij sterk verbazen als het anders was. De heren zullen wel bedenkingen hebben. Uitvluchten. Maar je laat je niet van de wijs brengen. Je laat je niet bepraten. Onder geen voorwaarde. Je toont je welwillend, maar houdt het been strak. Hoe dan ook... je brengt alle bewoners hier. Zonder geweld natuurlijk. Er mag geen narigheid uit voortvloeien. Dan

krijgen we beiden de grootste last. Je optreden daar is niet helemaal legaal, begrijp je. We kunnen wettelijk nergens op terugvallen. Ik vertrouw gewoon op je handigheid.'
Robert Antoine van Dijk knikte met een ernstig gezicht. 'Ik zal mijn best doen,' zei hij simpel.
De Cock stak zijn wijsvinger omhoog. 'En dan is er nog iets. En dat is heel belangrijk. Je vertelt aan de heren studenten... vergeet dit vooral niet... dat ik de bijeenkomst hier in de Warmoesstraat heb belegd, omdat het studentenhuis toch tijdelijk ontruimd moet worden in verband met de doorlichting.'
Robert Antoine keek verbaasd op. 'Doorlichting, zei je?'
De Cock knikte nadrukkelijk. 'Dat zei ik... doorlichting. Vermoedelijk zullen de heren wel vragen wat voor een doorlichting dat is.'
'En dan?'
'Dan zeg je heel simpel dat je het niet weet.'
De jonge rechercheur glimlachte wat verlegen. 'Ik wéét het ook niet.'
De Cock grinnikte. 'Mooi,' zei hij gelaten, 'dat is goed. Dan hoef je ook niet te liegen.'
Van Dijk keek hem niet-begrijpend aan. 'Ma... maar,' begon hij stotterend.
De Cock stak afwerend een hand op. 'Niets te maren,' zei hij wat geprikkeld. 'Ik zal het je later allemaal wel uitleggen. Dat beloof ik je. Ga nu maar op pad. De tijd dringt. Zorg dat je zo tegen half elf met de schare hier bent.'
'Het komt in orde.' Robert Antoine vertrok. De Cock keek hem na en hoopte dat het zou lukken.

Leunend tegen de voorkant van zijn bureau liet De Cock zijn blik langs de kring van aanwezigen glijden.
Daar zaten ze dan, de luitjes van het dispuut... het macabere moorddispuut... Willem Jacob Haverman... Johan van Gelder... Emanuel Archibald Shepherd... Ernst Kluffert... Hendrik Jan van Marle... onwennig, onrustig, op ongemakkelijke stalen bureaustoelen. Haverman en Shepherd gewild nonchalant, de benen over elkaar geslagen. Van Gelder iets voorover gebogen,

aandachtig, geïnteresseerd. Kluffert en Van Marle rechtop, bleek, zichtbaar gespannen. Opzij, eenzaam, nerveus trekkend aan haar sigaret, zat Louise van Camerijk, haar donkergroene ogen rood omrand. Niet ver van het raam, naast een opgewekte Robert Antoine, zat de blonde Ria Kluffert, stoer, ongenaakbaar als een lijfelijke Lorelei. Ze staarde boosaardig naar de jonge Vledder, die haar zonder veel plichtplegingen naar de Warmoesstraat had gesleept. Achter de rij studenten, leunend tegen de muur, opzichtig, uitdagend, stond Ella Rosseling, veruit de kleurrijkste van het gezelschap.
De Cocks aanvankelijke plan om vooraf een verhelderend gesprek tussen broer en zus Kluffert aan te moedigen, had hij noodgedwongen moeten laten varen. Ria Kluffert had halsstarrig haar medewerking geweigerd. Ze wilde onder geen beding een confrontatie met haar autoritaire broer en weigerde met Vledder mee te gaan. Uiteindelijk... zeer tot zijn spijt, had Vledder zijn verzoek met enig vertoon van mannelijke kracht moeten onderstrepen. Dat had nogal tijd gekost. Voor hij met haar aan het politiebureau verscheen, had Robert Antoine zijn schare al, compleet met Kluffert, bekwaam aan De Cock afgeleverd. Voor een onderonsje vooraf was toen geen tijd meer.
De Cock overwoog of er nog iets mis kon gaan, of hij misschien nog ergens een regiefout had gemaakt. Hij liet in zijn gedachten nog snel alle facetten de revue passeren, maar kon geen lacunes ontdekken. Toch voelde hij zich niet helemaal zeker. Er waren altijd factoren die niet vooruit te berekenen waren, eenvoudig omdat de menselijke emotie niet in wetten of formules is te vangen. Ze vormt het onzekere element in elk onderzoek. En het vreemde was... juist op die emotie, dat onzekere, speculeerde hij.
Het mocht niet mislukken. Het zou voor het onderzoek fataal zijn. Er mocht niets scheef gaan. Hij had nu eenmaal alles op één kaart gezet. Vledder las een grijns op het verder zo onaangedane gezicht van De Cock. Hij begreep dat zijn oude leermeester de ontknoping van het raadsel in de ene hand had, dat hier in de recherchekamer, binnen de muren van het aloude politiebureau, de moordenaar of moordenares van Alex Delszsen aanwezig was. Wie? Wist De Cock het? Hoe... hoe wist hij het dan?

Opnieuw maakte zich een lichte wrevel van hem meester. En weer, zoals eigenlijk steeds bij dergelijke zaken, had hij het afschuwelijke gevoel buiten het feitelijke onderzoek te staan, niet meer te zijn dan een toeschouwer van nabij. Verdomme nog aan toe, leerde hij het nooit? Hoe lang moest hij nog aan de hand van zijn oude leermeester lopen, voordat hij er iets van begreep?

'Het wordt zo langzamerhand tijd dat u ons opening van zaken geeft.' Willem Jacob Haverman was opgestaan en gebaarde met de brede armzwaai van een toekomstig strafpleiter. 'Ik ben hier al bijna een uur. U kunt ons hier niet ongelimiteerd vasthouden.'
De Cock lachte hem beminnelijk toe. 'Nee, meneer Haverman.' Zijn stem klonk uitermate vriendelijk. 'Dat kan ik inderdaad niet. Ik heb u allen hier alleen laten komen, omdat het huis aan de Brouwersgracht toch doorgelicht moet worden en waarom zou u die tijd niet benutten om samen met mij te disputeren over *moord*? Het onderwerp – zo weet ik – heeft uw bijzondere belangstelling.'
Haverman liet zich op zijn stoel terugvallen.
'We zullen deze bijeenkomst openen met het inachtnemen van twee minuten stilte ter nagedachtenis aan de beide slachtoffers,' zo begon De Cock. 'Het is mede ter wille van hen, dat wij allen hier zijn.'
Hij boog het grijze hoofd en zweeg. Onderwijl overwoog hij of zijn start goed was geweest, dramatisch genoeg om de juiste sfeer te scheppen. Toen twee minuten waren verstreken, keek hij op. 'Het is,' zo ging hij verder, 'niet mijn gewoonte om in een soort beladen slotscène, te midden van een uitgebreide kring van belangstellenden, de oplossing van moord te openbaren. Ik ben niet zo extravert. Ik hou doorgaans niet van dergelijke vertoningen, maar de omstandigheden dwongen mij min of meer. Bovendien leek het mij dienstig om op deze wijze een eind te maken aan een reeks disputen die u al over dit onderwerp hebt gehouden. Men zou deze bijeenkomst zonder bezwaar *de epiloog van moord* kunnen noemen.' Hij aarzelde even, plukte nadenkend aan zijn dikke onderlip. 'Of misschien is het Latijnse *dura lex, sed lex*... de wet is hard, maar het is nu eenmaal de wet... een betere titel?'

Haverman keek hem argwanend aan. 'De harde wet,' zei hij weifelend. 'Wilt u daarmee zeggen dat u op het punt staat de dader te arresteren?'
'Zo is het.'
Haverman grinnikte wat verdwaasd. 'Dat... eh, dat betekent dus dat de moordenaar hier in ons midden is.'
De Cock zuchtte diep. 'Inderdaad, meneer Haverman, de moordenaar van Alex Delszsen is hier in deze kamer.' Hij keek even rond. 'En ik weet wie hij is.'
Ria Kluffert slaakte een angstige kreet. Het geluid weerkaatste tegen de kale wanden van de recherchekamer en echode nog wat na. De studenten zagen bleek en zelfs Ella Rosseling had een verschrikte blik in haar ogen.
Het gezicht van De Cock was als een masker. Strak, zonder uitdrukking. Vanonder zijn stoppelige wenkbrauwen gluurde hij naar de gezichten voor hem. Zijn blik registreerde elke reactie, ontleedde iedere zenuwtrek. 'Alex Delszsen,' zo ging hij wat luider verder, 'werd vergiftigd met een dodelijke dosis parathion en parathion is een landbouwvergif, behorende tot de groep van de organische fosforzure esters.' Hij keek in de richting van student Van Gelder. 'Zo is het toch?'
De jonge bioloog knikte. 'Dat is juist.'
De Cock gebaarde. 'Parathion bevat dus fosfor. En fosfor... de heren van het dispuut zijn erudiet genoeg om dat te weten... heeft de bijzondere eigenschap uit te stralen. Het verschijnsel van de fosforescentie is, dacht ik, bekend genoeg. U behoeft maar te denken aan de wijzerplaten van uw horloges, wekkers en aan tal van andere toepassingen.'
Hij zweeg even, buiten adem. Hij had de laatste zinnen snel achter elkaar gesproken, rap, overrompelend, bijna zonder adempauze. 'Parathion laat dus, hoe zorgvuldig ook behandeld, sporen na. En bij een juist onderzoek komen die sporen onherroepelijk tevoorschijn. Ze lichten op.'
De Cock zweeg opnieuw, even maar, en wees toen met een theatraal gebaar naar de grote elektrische klok in de recherchekamer. 'Nu,' sprak hij met nadruk, 'nu op dit moment, wordt door een staf van politietechnici het studentenhuis aan de Brouwers-

gracht nauwkeurig doorgelicht. En hoewel ik, zoals ik al zei, de identiteit van de moordenaar reeds ken, zal de doorlichting mij het afdoende bewijs van zijn schuld leveren.' Hij keek even rond en ging toen met zachte stem verder. 'Het wachten is nu op een telefoontje. De heren technici weten van deze bijeenkomst en zullen mij onmiddellijk berichten. En als dat telefoontje komt, kunt u allen vertrekken... allen, op één na... de moordenaar van Alex Delszsen.'

Tot het uiterste gespannen keek De Cock opnieuw de kring van verdachten rond. Zijn dikke ronde vingers trommelden nerveus tegen de metalen wand van zijn bureau. Het geluid deed zijn trommelvliezen bijna barsten. Maar toen hij zijn vingers even stilhield, was de stilte zo intens, zo beklemmend, dat hij haastig verder trommelde. Het was het enige geluid in de stilte van de kamer. Zelfs in de anders zo rumoerige Warmoesstraat scheen alle lawaai verstomd. Traag vergleden de seconden.

Na een paar minuten sprong Van Marle op. 'Waarom martelt u ons zo!' riep hij wild. 'Waarom? Waarom houdt u niet eenvoudig de moordenaar vast en laat mij en de anderen vertrekken?'

De Cock fronste zijn wenkbrauwen. 'U... meneer van Marle? Was u niet de man die Alex Delszsen tonicum voorschreef?'

'Ja... dat was ik.'

De Cock snoof. 'Dan zal het u interesseren dat juist dat door u voorgeschreven tonicum gebruikt werd om Alex Delszsen het dodelijke gif toe te dienen.'

Student Van Marle slikte. Zijn ogen waren groot, angstig. 'Het tonicum...' stamelde hij hees, 'maar ik heb niet... ik was... ik...'

De Cock knikte hem vriendelijk toe. 'Gaat u maar weer rustig zitten meneer Van Marle. U hebt Alex Delszsen niet vermoord. Ik weet het. U niet. Waarom ook? U had toch geen enkele reden om Alex Delszsen naar het leven te staan? U hebt geen zuster, die...'

Kluffert sprong gepijnigd overeind. 'Ik,' riep hij fel, emotioneel, 'ik heb een zuster.' Hij draaide zich half om en strekte zijn arm in de richting van Ria Kluffert. 'Daar... daar zit ze... idioot... denkt met haar schamele achttien jaren dat ze iets van het leven weet... van liefde.'

Hij trok zijn mond scheef, snoof verachtelijk. 'Dwaas schepsel.'

Een ogenblik leek het alsof Ria Kluffert haar broer te lijf zou gaan. Ze zwaaide driftig met het blonde haar en knarste met haar sterke tanden.
De Cock keek rustig toe. Hij genoot van het spel... het spel der emoties. De Lorelei in toorn, bedacht hij gnuivend.
Robert Antoine, naast haar, legde rustig zijn hand op haar arm. Het kalmeerde haar zichtbaar.
Ernst Kluffert draaide zijn gezicht weer naar De Cock. 'Ik wist,' zei hij kalmer, 'dat Alex Delszsen een grote belangstelling voor mijn zuster toonde. Ik wist ook dat ze elkaar nog in het geheim ontmoetten, ondanks dat ik het haar had verboden nog langer met hem om te gaan. Ik ben geen puritein, meneer De Cock, echt niet. Maar ik kende Alex Delszsen. Ik wist hoe immoreel hij was.' Hij haalde wat nonchalant zijn schouders op. 'Och,' verzuchtte hij berustend, 'ik besef dat ik uiteindelijk weinig had kunnen doen om *haar* tegen te houden.' Hij wreef met de rug van zijn hand langs zijn voorhoofd. Plotseling begonnen zijn ogen vervaarlijk te flikkeren. De uitdrukking op zijn gezicht veranderde ineens. Fel, woest, onbeheerst gebaarde hij met opgestoken hand, indrukwekkend als een hel en verdoemenis profeterende prediker oude stijl. 'Maar ik zeg u, meneer De Cock... en de goede God is mijn getuige... ik had Alex Delszsen eigenhandig gewurgd als hij mijn zuster ook maar één haar had gekrenkt.'
De Cock maakte een simpel handgebaar. 'En...?'
De student keek hem niet-begrijpend aan. 'Wat?'
'Heeft hij haar een haar gekrenkt?' Het klonk bijzonder laconiek.
'Nee... niet dat ik weet.'
De Cock maakte een grimas. 'Dan hebt u Alex Delszsen dus niet vermoord?'
Ernst Kluffert keek hem wat dom aan en schudde toen zijn hoofd, traag, onzeker. 'Nee,' zei hij zacht, 'ik niet.'
De Cock keek hem aan. 'Mooi,' zei hij toonloos, 'gaat u dan maar weer zitten.' Hij wreef met zijn hand langs zijn breed gezicht. Het was een loom gebaar. 'De kring van verdachten,' zei hij met een zweem van sarcasme, 'wordt steeds kleiner.' Zijn

blik gleed langs de gezichten. 'Is er nog iemand die zijn hart wil luchten? U... meneer Haverman? Stelde de verslagen Alex Delszsen ook u niet voor problemen?'
Wim Haverman boog het hoofd en zweeg.
'O... u wilt er nog niet over praten? Oké, dan straks.' Hij keek op zijn horloge en daarna, demonstratief, naar de grote elektrische klok aan de wand van de recherchekamer. 'De doorlichting zal nu wel bijna zijn voltooid,' sprak hij wat vermoeid. 'Het verlossende telefoontje van de technici kunnen we nu zo verwachten. Ik schat nog een paar luttele minuten. Ik heb in ieder geval nog wel even de tijd om een verzuim goed te maken. Ik heb namelijk vergeten u een lieve gast voor te stellen.' Hij wenkte naar achteren. 'Ella, kom eens hier.'
Ze kwam van de muur vandaan en schoof heupwiegend langs de rij van studenten. Een mooi, opwindend vrouwtjesdier.
'Dit,' zei De Cock, 'is Ella Rosseling... intieme vriendin van Alex Delszsen.'
Ze kwam naast hem staan.
'Ella,' zei hij liefjes, 'ken jij een van deze heren?'
Ze knikte met een grijns om haar lippen. 'Ja, ik ken er een.'
Ze kroop wat dichter naar De Cock, als zocht ze bij hem bescherming. 'Hem.'
Haar uitgestoken hand wees naar Shepherd.
'En vertel eens,' ging De Cock verder, 'hoe heb je hem leren kennen?'
'Alex stelde hem aan mij voor.'
'Juist... en toen?'
Ze haalde wat onwillig haar schouders op. 'Toen... eh, toen niets.'
De Cock glimlachte haar toe. 'Kom, kom,' zei hij bemoedigend, 'hij kwam je toch een paar dagen later een voorstel doen?'
'Een voorstel?'
'Ja, hij bood je toch geld voor bepaalde gunsten. Ik bedoel... hij wenste toch gebruik te maken van jouw... eh, bekoorlijkheden?'
Ella Rosseling grinnikte. 'O, bedoelt u dat... ja, dat wilde hij.'
De Cock grijnsde zijn gemeenste grijns. 'En zullen we de aanwezigen hier nu eens uitgebreid vertellen hoe... eh, hoe dat in zijn werk ging?'

Shepherd kwam overeind, langzaam, zijn gezicht zag asgrauw. Zijn brede neusvleugels trilden. 'Nee...' brulde hij, 'nee, dat zul je niet... dat zul je niet.'
Hij sprong op Ella Rosseling toe. Zijn armen gestrekt. Zijn lange vingers tot klauwen gebogen. In zijn donkere ogen blonk haat, felle haat en moordlust.
Ella deinsde achteruit en gilde.
Plotseling rinkelde de telefoon, luid, doordringend, overstemde het gegil. Het deed Shepherd verkrampen. Als verstijfd bleef hij staan, zijn mond halfopen, zijn armen nog steeds gestrekt. De Cock nam de hoorn op en luisterde. De intense spanning lag op alle gezichten. Kluffert kauwde nerneus op zijn onderlip. Van Marle plukte aan zijn haar.
Het ontging De Cock. Hij hield zijn blik strak gericht op de halfgebogen gestalte voor hem. Hij registreerde iedere beweging, elke trilling van de spieren van de man van wie hij wist dat hij tot een moord in staat was. Zonder een woord te hebben gezegd, legde hij na een paar seconden de hoorn terug op het toestel. 'Emanuel Shepherd,' zei hij zacht, 'het is tijd voor een bekentenis.'

21

Toen Emanuel Archibald Shepherd tussen twee levensgrote dienders was weggeleid, liet De Cock het hoofd op zijn bureau zakken. Hij was moe, intens moe, afgetobd, leeg. Het laatste verhoor had alles uit hem geperst, zijn reserves aangetast. Hij voelde dat de jaren zich deden gelden. Hij was geen dertig meer, toen alles nog *vanzelf* ging. Hij richtte zich weer op en keek in de jonge gezichten van Vledder en Van Dijk. Hij las in hun ogen bewondering, pure bewondering. Het deed hem goed, maar het kon zijn moeheid niet verdrijven. 'Je hebt de bekentenis van Shepherd aangehoord,' zei hij loom tegen Vledder. 'Je kunt nu alles op papier zetten. Maak de zaak maar verder af.' Hij trok zich moeizaam overeind en waggelde naar de kapstok. 'Ik ga naar huis.' Hij zette zijn oude hoedje op het stugge grijze haar en greep naar zijn regenjas. 'Ik ben het zat.'
Robert Antoine schoot haastig toe en nam de jas weg. 'Nee,' zei hij hoofdschuddend, 'dat is niet eerlijk. Zo kom je er bij ons niet van af.'
De Cock keek hem aan. 'Je vrouw wacht bij kaarslicht.'
De jonge rechercheur glimlachte. 'Dan wacht ze nog maar even.' Hij monsterde het gegroefde gezicht van De Cock. 'Ik zal beneden een kop koffie voor je bestellen. Je hebt het nodig. Ik zie het. Maar voor ik wegga, zul je mij een paar vragen moeten beantwoorden.'
De oude rechercheur grinnikte. 'Ben ik verdachte?'
Robert Antoine greep de telefoon en vroeg om koffie. De Cock hing zijn hoedje weer op de kapstok en maakte een hulpeloos gebaar. 'Vooruit dan maar,' verzuchtte hij, 'jullie hebben ook eigenlijk wel recht op enige opheldering.' Hij liet zich weer in zijn stoel achter zijn bureau zakken. 'Help me even herinneren dat we morgen direct even bij Van der Duijn langs lopen. Hij moet weten dat niet Haverman, zoals hij dacht, maar Shepherd hem de steekwond toebracht.'

Vledder kneep zijn lippen op elkaar. 'En dat alleen,' zei hij bitter, 'omdat Van der Duijn hem met de fles tonicum had zien lopen.'
Een vriendelijke collega in uniform kwam binnen met een blaadje waarop drie koppen dampende koffie. De Cock keek de man wat verstrooid aan. Hij kende de meeste agenten van het bureau wel van gezicht, maar kon niet altijd de daarbij passende namen vinden. 'Kraaijenbrink...?' vroeg hij wat aarzelend.
De agent knikte en zette de koffie voor hem neer.
'Jij bracht toch zo ongeveer een week geleden een dronken man binnen? Een man die later vergiftigd bleek?'
De agent knikte. 'Dat was ik. Met De Vries.'
De Cock lachte hem vriendelijk toe. 'Het gaat zo wel eens in de drukte verloren,' zei hij verontschuldigend, 'maar ik maak je mijn compliment. Het was een heel goed rapport, dat jullie nadien over die affaire hebt opgemaakt. Heel goed. Je kunt dat van mij ook aan De Vries zeggen. Het was zo goed, dat ik daardoor uiteindelijk de moordenaar van Alex Delszsen heb kunnen ontmaskeren.'
Agent Kraaijenbrink kleurde onder het gewicht van zoveel lof en verliet haastig de recherchekamer.
Vledder keek De Cock verwonderd aan. 'Wat is dat nu voor hocus pocus,' riep hij wat kriegel. 'Ik heb dat rapport van Kraaijenbrink en De Vries ettelijke malen gelezen en herlezen. Ik heb er nooit iets bijzonders in kunnen ontdekken.'
De Cock gebaarde in zijn richting. 'Wat waren de laatste woorden van Alex Delszsen?'
'Zijn laatste woorden...?'
'Ja.'
'Delszsen heeft niets zinnigs meer gezegd. Hij raaskalde maar wat.'
De Cock schudde zijn hoofd. 'Dat staat zo niet in het rapport,' zei hij bestraffend. 'Daar staat geen raaskallen. Daar staat heel duidelijk Raskol... en daarna nog eens... Raskol.'
Vledder keek hem niet-begrijpend aan. 'Nou... en wat zou dat?'
De Cock ging rustig verder. 'Dat zou zo veel, dat Alex Delszsen daarmee probeerde de naam van zijn moordenaar te noemen.'
Vledder schudde vertwijfeld het hoofd. 'Maar dat is Shepherd,' riep hij.

De Cock knikte. 'Heel juist, dat weten we nu. Maar je moet de laatste woorden van Delszsen bezien in het licht van hetgeen eraan voorafging. Delszsen realiseerde zich pas kort voor zijn dood, dat hij was vergiftigd, anders gezegd... vermoord. In het studentendispuut waren de laatste dagen heftige debatten over moord gevoerd. Delszsen had in die debatten een groot aandeel. Het lag dus voor de hand dat zijn laatste gedachten verband hielden met die disputen en de diverse meningen die daarbij waren geponeerd. Als Alex Delszsen niet zo intelligent was geweest, had hij de agenten de naam Shepherd genoemd. Maar Alex' brein werkte veel sneller... zocht naar het verband en kwam toen tot Raskolnikow... een naam die hij jammer genoeg niet meer in zijn geheel vermocht uit te spreken. Hij kwam in zijn laatste momenten niet verder dan Raskol...' De Cock keek in het jonge gezicht van Vledder en zag dat hij het nog niet begreep. 'Raskolnikow,' zei hij zuchtend, 'is de naam van de jonge student uit de roman *Schuld en Boete* van Dostojewski, die een oude geldschietster vermoordt.'
Het gezicht van Vledder klaarde op. 'Ja,' hijgde hij, 'ja, nu herinner ik mij weer iets. Shepherd verdedigde die moord, is het niet?'
De Cock schudde het hoofd. 'Niet precies. Hij memoreerde de moord als voorbeeld. Begrijp je, *zijn* voorbeeld. Je moet de roman *Schuld en Boete* maar eens lezen. Voor Shepherd was er niet zoveel verschil tussen Raskolnikow en hemzelf... tussen Delszsen en de oude geldschietster. Shepherd stond zwaar bij de rijke Delszsen in de schuld. Jullie hebt zijn bekentenis gehoord. Net als Raskolnikow in *Schuld en Boete* achtte Shepherd de eeuwige student Delszsen... die intelligent genoeg was, maar eenvoudigweg weigerde om af te studeren... een onnutte schakel in de maatschappij, begrijp je, te vergelijken met de geldschietster en woekeraarster uit de roman van Dostojewski. Delszsen moet in zijn laatste ogenblikken dat alles in een flits hebben begrepen. Daarom, zie je, daarom was de typering die hij van zijn moordenaar wilde geven, zo raak, zo treffend.'
Vledder knikte peinzend. 'Raskolnikow... jij wist het dus allang.'
De Cock wreef met zijn hand langs zijn gezicht. 'Ja, na ons gesprek met de student Van Marle. Vanaf dat moment wist ik vrij-

wel zeker wie van de studenten Alex Delszsen had vermoord. Ik wist alleen niet hoe ik Shepherd tot een bekentenis kon brengen. Het bewijs was bijna niet te leveren.'
Robert Antoine keek hem verbaasd aan. 'En de doorlichting dan?'
De Cock grijnsde breed. 'Er is nooit een doorlichting geweest.'
'Geen doorlichting?'
'Nee, dat was maar een verzinsel van me. Ik heb praktisch geen verstand van chemische verbindingen. Ik weet echt niet of parathion een fosfor bevat dat oplicht. Het was alleen dat ik Shepherd in een bepaalde gemoedstoestand wilde brengen. Daarvoor diende die hele maskerade.'
Robert Antoine sloeg beide handen voor zijn gezicht. 'Alle mensen,' riep hij uit, 'en ik heb er echt in geloofd. Toen jij zo losjesweg over fosforescentie sprak, klonk dat verrekte overtuigend.' Hij keek De Cock bewonderend, half lachend aan. 'En dat telefoontje dan?'
De Cock haalde nonchalant zijn schouders op. 'Een kwestie van perfecte timing. Ik had met brigadier Bijkerk afgesproken, dat hij mij om precies kwart over elf zou bellen. Ik hield de klok dus goed in de gaten. Toen de tijd naderde, speelde ik dat spelletje met Ella Rosseling. Ik wist dat Shepherd daardoor buiten zijn zinnen zou raken. Het was al eerder gebeurd. Het telefoontje en de rechtstreekse beschuldiging deden de rest.'
Robert Antoine knikte. 'Emanuel Shepherd had geen weerstand meer.'
Vledder keek zijn oude leermeester aandachtig aan, monsterde de wat vermoeide trekken. 'Soms...' zei hij traag, 'soms steekt in jou iets van de duivel.'
De Cock stond langzaam op en waggelde opnieuw naar de kapstok. Met zijn hoedje achteloos achter op het hoofd, zijn oude regenjas nonchalant onder zijn arm geklemd, slenterde hij de recherchekamer uit.
Vledder en Van Dijk keken hem na.
Bij de deur draaide hij zich om. Zijn brede gezicht met de diepe plooien had een wat wijsgerige uitdrukking. 'Iets van de duivel,' zei hij zacht, 'steekt in ons allen.'